谷崎潤一郎

谷崎润一郎

盲目物语

赖明珠 译

上海译文出版社

说起来，在下故乡乃近江国[1]长滨[2]乡下，出生于天文[3]二十一年，也就是壬子年间，今年应该是几岁呢？啊，对了，对了，是六十五岁，噢，不，应该是六十六岁。对了，在下双眼失明是在四岁的时候。刚开始还看得见东西朦朦胧胧的形状，在下到现在还记得，晴朗的日子里，近江湖水的颜色明亮地映在眼珠上。然而后来不到一年，就完全看不见了，虽然也到处求过神拜过佛，却没有任何效果。双亲是务农的百姓，十岁那年失去父亲，十三岁上又失去了母亲，从此以后呢，就靠着地方上善心人士们的好意扶持，学会帮人家按摩手脚腰背的窍门，勉强糊口度日。就这样，还记得应该是十八九岁的时候，因为一个偶然的机缘，有人牵成在下到小谷城[4]里去奉公，承蒙那位大人的关照引荐，得以住进城里头去。

当然不用在下多费口舌，客官您一定十分清楚，一提到小谷城，自然就是浅井备前守长政公[5]的城郭了，这位城主年轻有为，真是了不起的大将。那时候，他父亲下野守久政公也还健在，虽然外头纷纷传说他们父子不和，不过据说这也是久政公的不是，从家老们开始到许多家臣似乎都一心臣服备前殿下。其实事情的开端，说起来，是在长政公十五岁那年，永禄[6]二年新年正逢他的元服大礼[7]，过去原称为新九郎，那时正式命名为备前守长政，并迎娶江南的佐佐木拔关斋[8]的老臣平井加贺守大人的千金。然而这门亲事并不是长政公自己的本意，而是奉父亲久政公的命令，不得不勉为其难地接受的。下野大人的想法是，江南和江北自古以来经常争战不断，现在看来虽然好像平静无事了，然而难保哪一天不会再爆发战端，为议和之证，最好和江南缔结婚姻，将来应该可以免除国家战

---

① 又称“江州”，旧国名，原属东山道。现滋贺县一带。

② 在滋贺县东北方，琵琶湖东北岸。羽柴秀吉（丰臣秀吉）所建立的城下町。

③ 天文是战国时代后奈良天皇朝的年号(1532—1555)。

④ 小谷城是建于近江国浅井郡的中世山城。位于现在滋贺县湖北町的小谷山。相传于一五一六年由浅井亮政筑城，后来儿孙久政、长政继续统治，成为浅井三代的据点。

⑤ 浅井备前守长政公即浅井长政(1545—1573)，“备前守”是其官衔，祖父由京极氏手中夺得实权成为大名浅井备前守亮政。

⑥ 战国时代正亲町天皇朝的年号(1558—1570)。

⑦ 庆祝男子成人的仪式，首次改变服装、发型、加冠，并正式命名。

⑧ 佐佐木氏据传为宇多天皇的子孙，后分支为大原、高岛、六角、京极四家。六角与京极分别统治近江南半（江南）和北半（江北）。佐佐木拔关斋为六角义贤的别名，浅井氏原为京极氏的家臣，到了亮政公之代驱逐主家成为江北的大名，从此以后和江南的六角氏对峙。

乱的隐忧。然而备前守殿下对于自己要当佐佐木家臣的女婿却怎么也开心不起来。只因父亲的命令没有选择余地，只好听命行事，把平井大人的千金迎娶过来，然而当久政公要他到江南去和岳父加贺守喝父子酒时，却感到实在懊恼不已，本来无法违背父命成为像平井那种人的女婿已经非常不情愿了，现在还要自己动身去履行父子之契，真是气愤难平，他说既然生在弓马之家，对于治乱之道自然耳濡目染，内心知道终究要立足天下举旗立功，成为武门栋梁，才是武士的本色，于是居然没有和久政公商量，就把人家的千金给送回娘家去了。这说起来也未免太过鲁莽了，会引起父亲的震怒也是理所当然的，不过话说回来，才十五六岁的年纪就拥有这么大的气魄，也实在不是寻常之辈，就像他的祖父、建立浅井家的前代亮政公那样，天生具备豪杰气象，能拥有这样的主君，家运应该可以延续万万代。众家臣们都纷纷敬爱备前殿下的气魄，而不太去父亲那边当差了。所以据说久政公也不得不把家督地位让给备前殿下，自己则带着井之口夫人，隐居到竹生岛①去。

不过这些都是在下到城里当差以前所发生的事情，当时父子的感情已经多少和缓一些，下野殿下和井之口夫人已经从竹生岛回来，住回城里了。那是长政公大约二十五

① 琵琶湖北部的小岛。

六岁的时候吧，当时已经娶了第二位夫人，这位夫人说起来可来头不小，竟然是信长公的妹妹，阿市殿下呢。这段姻缘的促成是因为信长公从美浓[①]国上京之际，心想当今江州最器宇不凡的武将，非浅井备前守莫属，虽然还年纪轻轻但已经无出其右，应该诚心拉拢他过来。于是提议："可愿与我家结亲？若能答应的话，浅井和织田两家合力消灭固守观音寺城[②]的佐佐木六角，再上京都，将来天下大事由你我二人运筹帷幄，如果想要美浓国，可以给您，此外因越前[③]的朝仓[④]和浅井家有深厚情义，所以绝对不会随便轻取，越前一国就依您这边的指示，可附上誓约。""哦，您既然说得这么客气，那么就照这么办吧。"于是婚事就这样谈定了。这边才把佐佐木家臣的千金娶回来不久，就因不甘屈居拔关斋之下，断然把人家送回去，没想到却得到当时攻城略地威震诸国飞鸟落地草木披靡的信长公如此寄予厚望，即将成为织田家的乘龙快婿。这虽

---

① 旧国名，今岐阜县南部。

② 观音寺城是江南六角氏的居城。位于今滋贺县蒲生郡安土町。

③ 旧国名，今福井县东部。临日本海，冬季多雪寒冷。

④ 越前的大名。一五一七年浅井亮政遭京极、六角的联军夹击险些灭亡时，获得朝仓四代城主贞景的援军而确立江北的支配权。一五二一年被斋藤道三与六角定赖的攻击时，也因朝仓的援军而解脱危机。浅井长政的时代，朝仓五代城主朝仓义景住在越前的一乘谷城。

说是因为他武略卓越的关系，不过人还是应该尽量胸怀大志啊。之前没有缘分的前夫人，据说只在一起不到半年，长相如何并不清楚，但后来这位阿市夫人则是一位稀世大美女，在尚未出阁以前早已名扬天下。夫妇感情也十分和睦，子女几乎年年接连出生，在下去到小谷城时，包括公子、公主，总共已经有两三个孩子。最上头的公主名叫阿茶茶，当时还是一位教人疼爱的孩童，这孩子就是往后得到太阁殿下①的宠爱，有幸生下右大臣秀赖公的淀夫人呢，人的未来命运真是预料不到啊。不过阿茶茶殿下从那时候开始容姿就已经美丽出众，无论脸型、鼻梁、眉眼、嘴唇，据说都长得和夫人一模一样，连像在下这样的盲眼人，虽然朦胧却好像也能感觉得到。其实像在下这样卑下的人，何德何能可以在这样高贵的仕女身边就近服侍呢？是的、是的，在下忘了前面稍微提到过，刚开始在下是帮武士们按摩理疗的，但在城中无聊的时候，被大家怂恿着：“嘿，和尚啊，弹个三味线什么的来听听吧！”曾经唱过世间流行的歌谣，可能这事儿也传进御帘内吧，有人来传话道：“听

① 丰臣秀吉，农民出身，由于为织田信长执草鞋开始发迹。原名木下藤吉郎，灭浅井长政得其领地后，从信长的重臣丹羽长秀和柴田胜家的名字各取一字，称羽柴筑前守秀吉。本能寺事变，织田信长遭明智光秀叛变而自尽后，取得主导权，后灭柴田胜家，与德川家康讲和，统一天下，成为关白，名丰臣秀吉。后关白之位让于养子秀次后，号太阁。

说有个会唱歌的有趣和尚，请那位和尚过来一下。”从此以后在下有两三次参见，这是事情的开始。

是的，是的，不是，因为已是相当规模的城，所以除了武士之外还有各种人在当差，也雇有表演猿乐①的太夫等呢，并不是只有在下才能给人解闷儿，不过也许高贵的人反而对低下的世俗流行歌谣之类的玩意儿感觉新鲜吧。而且那时候三味线还没有现在这么普及，只有少数好奇的人去学习，所以女士们喜欢那珍奇的丝弦音色吧。是的，在下学习此道并没有跟随特定的师父学习。不知道为什么生来就喜欢听音曲，只要听过一次立刻就能记住那节奏，没人教也自然能唱会弹了，三味线刚开始也只不过偶尔拿起来把玩消遣而已，不知不觉之间竟然学成一种技能了。不过本来就是外行人的游戏嘛，不敢说技艺高超，值得一听，也许笨拙的地方听起来反而可爱吧，每次都承蒙夸奖，到殿下面前表演的时候也多蒙打赏。那时候，正值战国时代，到处战争不断，正因为有战争，自然也得有快乐的事情，老爷出征远行时，女眷们没什么事儿，为了排遣忧愁就弹琴来游戏解闷，而且，在长期围城的时候，也说为免士气消沉，不管殿内殿外，都常常举行热闹的活动，

① 猿乐为奈良时代从中国传来的艺能，室町初期由观阿弥、世阿弥父子发展成歌舞剧，明治十四年开始称为能乐。

并不像现在的人所想像的那样尽是恐怖的事儿。尤其夫人擅长弹琴，无聊的时候便拨弄琴弦，此时在下就会忽然拿起三味线，不管任何曲子都可以即兴配合着伴奏，这似乎让夫人非常满意的样子，还说在下手很巧呢。从此以后在下就一直在内闱伺候了。阿茶茶公主也以还不灵活的稚嫩舌头呼唤我："和尚，和尚啊。"早晚缠着在下要在下跟她玩耍。"和尚，你唱那葫芦歌儿给我听听嘛！"经常这样子对在下说。啊，对了，那葫芦歌儿，说起来就是这样子：

在悄悄前往的屋檐边
要种葫芦啊
种葫芦
让那爬藤爬呀爬
葫芦随风飘呀飘
心也飘呀飘

是这样唱的。

啊，美丽的涂壶笠呀①

① 这是当时的流行歌。河内地方以铸造物闻名，铸武器、农具时熔铁送风的大风箱以人力脚踩，这是一首劳动时唱的歌。

正是河内战地的特产
风箱踩呀踩
风箱踩呀踩
熔铁炉底裂了口
小心点踏呀
阿哥啊
风箱踩呀踩
风箱踩呀踩

其他还有各种歌谣，调子就算记得，歌词却已经忘了，人老了，糊涂啰。不久之后，信长公和长政公感情不和，两家之间掀起战火，那是哪一年呢？啊，对了，姊川①之战，是元龟元年②吧。这种事情像客官您这种读书人知道得最清楚了。那是在下来当差后不久的事儿，说起不和的原因，是从信长公没有事先向浅井大人招呼一声，就领兵攻入越前的朝仓大人领地开始。话说浅井家，从上

① 姊川是流经滋贺县东浅井郡的河，一五七〇年织田信长与德川家康联合打败浅井、朝仓的古战场。

② 即一五七〇年。 四月二十日，信长打破与浅井的约定，领三万兵攻打朝仓义景。当时浅井久政、长政父子突然举兵断了信长的退路，信长逃到京都。同年六月，信长联合德川家康攻打浅井，在小谷城前的姊川激战，破浅井、朝仓联合军，又攻落浅井氏的横山城、佐和山城。

上代亮政公的时候，就因受到朝仓大人的庇护才好运连连，从此以来一直多蒙朝仓大人的恩泽。正因为这样，在与织田家缔结姻缘的时候，就已经约定不碰越前之国，而且得到了信长公坚定的书面誓约，然而才不到三年时间，竟然不顾誓约，跟浅井家也没打一声招呼就出手，这可就太过分了，信长这家伙，真是太轻狂了！已经隐居的下野殿下首先就火冒三丈，匆匆驾临长政公的宫城，还召集亲信老臣和后进家臣们，怒冲冲地道："信长这家伙！消灭了越前，早晚就要攻进这城里来了，我们应趁和越前之国间有坚固的友好关系时，和朝仓站在一边讨伐信长才行。"长政公和众家臣们也一时语塞说不出话来。"当然，说起来违反誓约是信长公的不是，不过朝仓大人也因为两家之间有约在先，而对织田家有无理举动。尤其信长公屡次上京，朝仓却一次也没有派出使节问候过，①因此宫中和将军也感到惶恐不安。毕竟如果和织田大人为敌的话，就算和朝仓大人联合起来也没有胜算，现在只好派出千人去声援越前，至于织田家那边只好以言辞巧妙掩饰了，这样可好？"因为很多人这样说，已经退隐的父亲一听之下又生气了。"你们这些末座的武士乱插什么嘴，就算信长

① 据说信长为了试探朝仓义景是否与将军义昭内通，曾突然命令义景"上京去向将军贺年"。义景不仅拒绝且同时派密使到小谷城，游说久政、长政追讨信长。

是鬼神，也不能忘记父祖辈的恩义，你们以为朝仓家遭遇这样的困难，我们能坐视不顾吗？这样一来，丑名将延续到末代，成为浅井家一门的耻辱，就算只剩我一个人也不愿当一个这样不知理义的胆小鬼。”下野殿下威风凛凛地怒目瞪视在座众人，老臣们忙打圆场：“算了算了，先别这么急，好好想办法再说吧。”“你们都嫌我年老碍事了，难道还要我切这皱肚皮吗？”殿下全身颤抖咬牙切齿地说。一般说来老人家总是严守理义的，所以这样说听起来也有道理，不过也因为从很久以前开始就觉得家臣们把自己当傻瓜，已经有这种别扭心态，加上长政公不喜欢他好心安排的媳妇，却自己再迎娶阿市夫人的事，到现在他还耿耿于怀。“看吧，不听父亲的吩咐，才会落得这样的下场。到现在对那个说谎的信长，还有什么需要客气的？受到这样的侮辱还忍气吞声，看样子是被可爱的夫人绑住了手脚，不敢对织田家动干戈了吧？”有点讽刺长政公的样子。备前守殿下默默听着退隐的父亲和众家臣的争论，这时叹了一口气：“原来如此，父亲大人说得也有道理，我虽然是信长公的妹婿，但从祖先传下来的恩义更重，明天赶快派人把这边持有的誓约送回去织田家，不管信长如何夸耀虎狼之威，如果我们和越前势力联合起来，和他做个你死我活的决战的话，就不信打不过他。”这样坚决地说了，大家也没办法，只好下定决心。

不过后来，每次论及战争的事，退隐的父亲大人和长政公的意见总是不同，终究不融洽。长政公平日就是一副名将气度，威风凛凛的，他想既然信长转为敌方，可不能慢吞吞地不动声色，最好从这边反攻过去作一决战，然而退隐的父亲却因为上了年纪的关系，凡事总习惯从长计议，反而招致不利的后果。信长公从越前退到京都时，长政公思考策略："在这之间我们跟朝仓势力联手起来，打进美浓，攻下岐阜。那么信长一定会赶快奔回来，但江南有佐佐木六角一族，不可能轻易通过，在那之间我们可以从岐阜回来，在佐和山[①]外等候迎战，那么信长的脑袋就是我们的了。"于是派使者去见朝仓殿下，不过朝仓在一乘谷的公馆那边依然还有一群比较慢性子的人，不赞成长途开拔到美浓去，万一前后遭到敌人包围夹击，可就难以脱身了。义景公打头，上下谁都没有同他一条心。于是回信。"与其这样，不如等信长攻打小谷城，到时候我方再聚集人马，增援贵方阵营便是。"这样回应，原来的计谋策略可惜全都白费了。长政公听到这样的答复之后说："啊，朝仓也说出这样悠哉的话来吗？这也可以看出义景这号人物的个性了，这样愚钝的话，要想胜过那样敏捷的信长，连十分之一的可能都没有，只因听了父亲的吩咐而

① 在滋贺县彦根市东北部。

和这样不明理的人联合，真是倒霉。”据说他这样深深感慨，那时候他似乎已经觉悟到浅井家和自己的命运已经不妙了。

接下来有姊川、坂本之战[①]，曾经一度停战，但不久和议又告破裂，领地逐渐被织田兵力蚕食鲸吞削减大半。果然是名副其实的名将，正如长政公所预言的那样。仅仅两三年之间，佐和山、横山、大尾、朝妻、宫部、山本、大嵩的城池一一被攻破，让小谷的本城变成一个毫无护卫的裸城了。敌人渐渐侵入到山麓上来，加总起来拥有达六万余骑的兵力，连蚂蚁要爬出去的空隙都没有，十层二十层地团团包围上来，以信长公为统帅大将军，加上柴田修理亮、丹羽五郎佐卫门、佐久间右卫门尉等名闻天下的勇士们。太阁殿下当时名字还叫做木下藤吉郎，在距离城门八丁[②]左右的虎御前山筑起防御要塞，密切观察城内的动静。浅井殿下的家臣中虽然也有几位相当勇猛的大将，然而有些完全信赖的人也渐渐变了心，竟然投向织田大人的阵营去。我方势力眼看着只有日渐削弱下去。城里头，聚集的是当人质的女人和小孩，还有各方小城陷落后无处可

① 一五七〇年九月，信长正攻打大阪的本愿寺时，与本愿寺同盟的朝仓、浅井的三万兵攻入现在大津市的坂本口，战事继续到年底，开始降雪，十二月，在将军义昭的仲裁之下，双方议和。

② 即“町”，距离单位，一丁约 109 米。

去的武士们也退到这里来，人数比平常多出许多，所以刚开始还有点焦躁不安。“忧也一时，喜也一时，醒来终归梦一场。”这样唱着小曲之间，战争仍每天夜以继日地继续着，不久，不料退隐的父亲久政公和长政公的宫中，掌管中殿的浅井七郎大人、和玄蕃之助大人等，也和藤吉郎大人内通，把敌人引进殿内来，因此城中立刻就像熄了火一般。当时信长公的使者来求见说道：“我们和你们会交恶本来因为朝仓，不过我们这边已经攻破越前，制服了朝仓义景，所以对你们并没有什么企图，而且你们在道义上也不亏欠他们。如果你们空出城来退出去的话，因为是结缘亲家的关系，我们也不会疏忽怠慢，往后只要归属织田家麾下，谨守忠节的话，大和一国也可以分封领地。”算是相当诚恳的命令。城中有人高兴地说：“来得正是时候。”也有人说：“不，不，这不是织田大人的真心，只是想先把妹妹救出去之后，再让殿下切腹吧。”虽然议论纷纷，不过长政公亲自和使者见面：“你们的意思已经知道了，事到如今还有什么能流芳后世的，只打算一死而已，就请在大人面前代为问候吧。”完全不肯投降。信长公听了回报说道：“看来我的好意竟被怀疑了，我这边可是说真的，但愿他不要轻易想死，请他放心退出城去吧。”又再三派使者过去劝说。然而不管怎么说长政公都不肯听：“早已有所觉悟。”于是，八月二十六日夜晚，长政公召来菩提寺的雄山和尚[①]，在小谷城后方曲谷请石匠砌了石塔，雕刻上戒名德胜寺殿天英宗清大居士，就在那石塔后方凹处御笔亲题祈愿书。然后在二十七日清晨召集守城的武士们，请雄山和尚担任引渡主祭法师，长政公坐在石塔旁边，接受家臣们上香。本来家臣拒绝上香，但因长政公坚持，众人才一并上了香。至于那石塔则悄悄从城里运出去，沉进琵琶湖深处，离竹生岛东方约八丁的湖里，看到这番情景，城中人都下定决心一拼死活。夫人在那一年五月刚刚生下小公子，产后身体虚弱，静养了一个月左右，因此在下始终在旁边照顾着，按摩按摩肩膀腰背，或陪着聊聊天，安慰安慰她。是的，长政公虽然气性勇猛，对夫人却极为温柔，白天整天忙着拼命，一回到内闱，却经常心情愉快地饮酒，总是宽慰夫人讨她欢心，连对其他女侍和在下都会说说笑话，好像完全不把几万敌人正团团围住城池的事放在心上似的。本来大名夫妇之间感情的事，我们在旁边伺候的人并不太清楚，不过夫人夹在兄长和夫君之间，内心想必很痛苦，长政公对这一点也很能体谅，非常疼惜夫人，尽量设法让她不要觉得为难，刻意引起夫人的兴致，讨她欢心。这么说来那时候，只要在下正好在眼前时，殿下就会开口吩咐："和

① 滋贺县伊香郡时宗净信寺的住持和尚，《浅井三代记》作者。

尚啊，三味线也没什么趣味了，有什么更有趣的事儿可以助酒兴的，能不能跳一个绞棒舞[1]来瞧瞧啊？”

姑娘十七八呀
竹竿上晾的细布条
挽过来呀
多俏丽
拉近来嘛
多可爱
比那丝带还要细
绑在那腰儿上
可就更可爱呀

就这么踏着笨拙的舞步，献丑助兴。这是在下自己想出来的滑稽舞步，看到这样的动作，大多数的人都会捧腹大笑，一个盲目的瞎子，比着奇怪的手势跳舞这一点就够瞧的了，在座的众人热闹的声音之中，听得见夫人的笑声

① 狂言《绞棒》。主人发现自己不在家的时候，用人太郎、次郎偷酒喝，于是下次主人临出门时把太郎双手摊开绑在棒子上，次郎双手背在后面绑在棒子上，两人一面互相帮忙让对方喝酒一面唱歌跳舞，主人回来一看责骂了他们一顿。歌舞时唱的词是“姑娘十七八……”。

也混在其中时，在下就想："啊，她心情总算好一点了。"自己的服务总算有一点用处。然而，非常可悲的是，时日一长，不管在下怎么想出新鲜的花招，有趣的奇怪动作跳给大家看，也只得到"呵呵"的轻微笑声而已，渐渐多半连这个也难得听到了。有一天，夫人说肩膀实在太酸了，要在下帮她按摩一下，于是在下绕到她背后帮她揉着，原以为夫人是坐在褥垫上，手倚着扶手，会一面迷迷糊糊地打盹，没想到竟不是这样，她偶尔叹一口大气。这种时候，以前在下会陪她聊聊天，最近她却不太开口了，因此在下只恭敬地按摩而已，这让在下觉得有点气闷。说起来盲眼人，总比一般人敏感。何况在下日日夜夜为夫人按摩，大致了解她的身体状况，因此她胸中的事情也自然能透过指间传来，在默默按摩之间，心中不禁充满无奈的感觉。当时夫人才二十二三岁，虽然已经是生了四个孩子的母亲了，然而由于天生丽质，而且从来没有吃过一点苦头，也没有遭受过任何强风吹袭，所以说起来算是僭越，她的肌肤丰润柔软，就算隔着丝绸衣服，手上的触感也和其他女子完全不同。这次其实已经是第五次生产了，果然多少憔悴了一些，不过正因为消瘦了，那骨架子无与伦比的细致更令在下吃惊不已。在下到这个年纪，其实，长年以按摩理疗营生度日，按摩过不知多少年轻贵妇，然而从来没有碰过身体这么柔软有弹性的人。而且肌肤光滑、细致，无论是她的手也好，脚也好，都像含着露水般温润光滑，真是所谓的玉洁冰清。至于秀发呢，她自己虽然说生产以后稀薄多了，然而依然还是那么浓密地垂下来，比起一般人简直多到令人烦恼的地步，一根根像细丝般整齐排列，纤柔，光滑，浓密的发束，一面沙沙地摩擦着衣裳一面披散在背上，甚至到会妨碍按摩的地步。然而，这样高贵的妇人在城陷落的时候，命运会怎么样呢？难道这像玉石般温润的肌肤、及腰的乌黑秀发、包着纤细骨架的柔软肌肉，都将和高耸的城楼一起消失在烟火之中吗？夺取人的性命在战国时代虽然已经司空见惯，然而这样柔弱可爱又美丽的佳人，有必要也一起杀掉吗？信长公对于和自己确实拥有血缘的同胞亲妹妹，难道没有一点想救她的念头吗？虽然像在下这样的人，去操这个心也没什么用，不过既然有缘在身边伺候，是何等的幸福呢？只因生为一个盲眼瞎子，而能亲手碰触到像这样高贵的身体，朝夕为她按摩腰背，感觉唯有这才是值得活下去的有意义工作，一想到这也不知道能做到什么时候，往后已经没有任何乐趣可言了，胸中忽然感到苦闷起来。于是夫人又唉地叹了一口气。

“弥市。”夫人这样叫了一声。

在下在城里头，虽然被叫“和尚，和尚”，不过夫人却说“不可以只叫和尚”，于是赐给我“弥市”这个名字。

“弥市，怎么了呢？”那时候，她连声问道。

“啊。”我结结巴巴说不出口。

“你怎么没出力气呢？再使一点劲儿吧。”她这样交代。

“对不起。”

在下连忙说。由于无谓的胡思乱想而松了手劲儿，回过神来开始认真按摩。然而她今天肩膀特别僵硬，脖子两侧有小毛线球儿那么大的圆形硬块，好不容易才揉散开来。不过，说真的，她一定很难过吧，肩膀会这么僵硬，一定是想到很多烦心事儿，夜里也不怎么能休息，真令人疼惜啊。正担心夫人的时候——

“弥市。”夫人忽然说。

“你要留在这城里到什么时候呢？”

“是，在下想一直服侍下去。像在下这样的粗人，虽然没什么用处，不过如果能蒙您怜惜，愿意使唤的话，就感激不尽了。”

“是吗？”夫人说，沉思了一会儿才又说，“话虽这么说，你也知道大伙儿已经不知不觉间少了一个两个，城里已经没剩多少人了。连堂堂的武士都丢下主君离开了，不是武士的人又何必客气呢？何况你眼睛不方便，如果犹豫不决磨磨蹭蹭的，可是会受伤啊。”

“谢谢夫人，要离城出走，或要留下来，每个人各有打算。如果在下眼睛明亮的话，或许还可以趁夜逃出去，然而像这样四面都已经被包围起来了，就算您让在下告退离开，在下也无路可逃。虽然是没用的瞎子，但也不愿意不上不下地被敌人抓住，受人侮辱。”

夫人于是没有话说，好像在悄悄擦眼泪的样子，听得见从怀里沙啦沙啦掏出怀纸①的声音。在下与其说是担心自己，不如说更担心夫人打算怎么办，是不是要一直和长政公在一起，想到五个孩子可怜，是不是还有别的打算？心里虽然焦虑不安，然而也不能为了这种事而越分地随便发问，既然她不再出声，话接不下去，在下也就默不作声了。

那是在石塔供养两天前的事，八月二十七日黎明时分，接受过武士们的上香后，接下来夫人、孩子们，众女侍们和在下也被召唤过去。“来吧，你们也来拜一拜。”到了这种时候，妇人们的悲伤还是格外不同，啊，这样一来城的命运终于已经到尽头了，殿下终究不免一死吧，每个人都束手无策毫无办法，没有一个人愿意往前烧香。这两三天敌军更加猛烈地攻过来，不管白天晚上战事都不曾停歇，今天早上敌军攻势看来稍微缓和下来，城里城外一片

① 叠起来放在怀里的纸，用来擤鼻子，或写歌词。

寂静，大厅里也鸦雀无声。这个时节，正值仲秋，近江之国接近北国的山上，天色还没大亮的时刻，敬陪座旁，感到阵阵秋风冰冷地渗入体内，听得见聚集在庭院草叶上的虫子正吱吱叫着。这时，忽然听到大厅的角落，有一个人开始抽抽搭搭地哭泣起来，到目前为止一直忍到现在的人们，于是也在四面八方开始哭起来，连天真无邪的孩子也都高声哭出来。“你看你，你是年纪最大的，怎么也哭了呢？我一再说的不就是这种事吗？”夫人这时候也丝毫没有失去冷静，以镇定的声音斥责着阿茶茶公主，唤了嫡子万福丸的奶妈过来道：“来，从大公子开始先上香吧。”于是从万福丸带头第一个，其次让那年出生的小公子上过香。“阿茶茶，轮到你了。”夫人这样说。

“不，在公主之前，你为什么不上香呢？”长政公严厉地说。夫人嘴里只小声应着“是”，却还不愿意照办。

“我说过那么多次了，你怎么还不明白？到了这个关头，还要反对吗？”平常对夫人那么温柔的人，尤其显得口气粗鲁。

“您的好意我很感激。”

不过夫人已经坚定地下定决心陪丈夫赴死，因此还是不打算站起来上香。

这时长政公大声说道：

“不，你难道忘了做女人的道理。吊念我往生后的菩提，守护孩子长大成人，才是为人妻的任务。如果这点都不明白的话，未来永远都不认你为妻，也不承认我是你丈夫了。”他这样厉声斥责。那声音凛凛地响彻大厅的每个角落，大伙儿都吓了一跳，心想不知道会怎么样，屏着声息，好一会儿听不到任何声音，但终于榻榻米上传出衣服的摩擦声，夫人虽然百般不情愿，却也只好上了香。其次是大公主阿茶茶、二公主阿初、三公主小督，一一都拜过了，因此其他的人也随着陆续拜过。

然后那石塔搬出去沉到湖水里去，前面已经说过了。夫人在众人前面，虽然暂时听了殿下的话，不过对于殿下要自杀，而自己一个人却必须留在这个世间并不以为然。将来让人家在背后指指点点说，那就是浅井家的女人，未免太不甘心了，还是务必把自己也带着一起赴死吧，她整晚都不断请求，但据说殿下一点也没有听进去的样子。第二天二十八号巳时左右，织田大人的使者不破河内守三度来访，劝说务必请重新考虑出来投降，传达了信长公的话。长政公说：“多谢好意，生生世世忘不了，只是自己无论如何都要在这个城里切腹，不过妻子和女儿们因为是女人，又是和信长公有血缘关系的人，因此请容后送上，承蒙这份情意，如果能饶她们一命，照顾她们往后的生活，真是感激不尽。”这样恳切地拜托过后，就先让河内守回去了，过后又软语劝解夫人。夫人本来和长政公感情是那么亲密的，如果要死的话，当然要一起死，夫人的用心又怎能怪她呢？回想起来，他们伉俪自从结缘以来，到今年才不过六个年头的短暂夫妇之缘。在这期间世上始终骚乱不断，殿下有时远征到京都或江南，没有一天过得安乐的。因此总希望能像并蒂莲般天长地久常相聚，这也真是难怪。然而长政公正如一般勇者那样，怜悯心也特别重，对于要残忍地杀害年轻的夫人未免太不忍心了，总要想办法挽救她的生命，尤其孩子的未来也令他担心吧。总之看来他换着各种说法向夫人讲道理，夫人也总算渐渐充分理解了，决心只带着公主回到娘家去。至于男孩子们，虽说年纪还小，但如果落入敌人之手总是危险，于是让长子万福丸去投靠越前之国敦贺郡的熟人，于二十八日深夜由一位名叫木村喜内之介的仆人带着，悄悄从城里出走，最小的公子，则决定托给本国的福田寺，也是在那天深夜里，由叫做小川传四郎和中岛左近的两名武士带着乳母，从福田寺附近的湖边招了船来，据说暂时先躲在芦苇丛之间。

夫人在二十八日晚上，整夜和长政公喝着惜别酒，在说不尽道不完的种种依依不舍之下，深秋的漫漫长夜也终于到了黎明时分，才说就此告别了，东方的天边已经开始泛白的时分，从城门口上了轿子。一连三座轿子载着三位公主，由乳母陪坐着，由一位当年夫人嫁过来时从织田家跟来的家仆名叫藤挂三河守的，带着手下兵卒照前顾后，此外跟着二三十个女侍一起离开了小谷城。长政公出来送到轿子边，当天早晨据说穿着临终的装束，以黑色丝线串缝的铠甲披上金襕袈裟。在即将起轿时，还勇气十足地以爽朗的声音告别道："那么就万事拜托了，好好保重啊。"夫人也坚强地说："请尽管放心，会照您的意思去做。"一直强忍着不让眼泪掉下来，真不简单。下面两位公主还不懂事，因此由乳母抱着，什么事情都懵懵懂懂的，唯有阿茶茶公主却频频回头看她父亲大人那边。"我不要，我不要。"坚决地闹着别扭，怎么劝她哄她都不停地哭，随从的人看了实在心酸。这三位公主后来都极有名，阿茶茶公主成为丰臣秀吉的侧室淀夫人，阿初公主成为京极高次①大人的夫人常高院，最小的小督公主②，更不简单地成为将军夫人，当时谁又能够想得到呢？命运实在真不可预测啊。

信长公接到了阿市夫人和外甥女们之后，非常高兴地说："你们真明理，能够回到这里来真好。"他亲切诚恳地

---

① 京极高次（1563—1609），父京极高吉，母为浅井久政的女儿。妻为浅井长政与阿市夫人的次女阿初。浅井氏灭亡后成为织田家家臣，本能寺事变站在明智光秀一边，但因妹妹为秀吉的侧室而保住性命。后受到秀吉提拔，复兴京极家，升任大津城主，从三位参议，被称为大津宰相。

② 后成为丰臣秀吉的养女，嫁给德川秀忠，生下三代将军德川家光。

说道："我对浅井说尽好话劝他投降，但他怎么也不肯听，可见是个爱惜英名的勇猛武士，让他那样死去虽然不是我的本意，不过那是他身为武门将领的志气，你就多容忍吧，这么长久的围城你也一定累坏了。"话中充满骨肉亲情，关系分外不同，语气亲密，没有隔阂。立刻把她们托付给织田上野介守①大人，命令他好好照顾她们。

战争从二十七日早晨就停了，把阿市夫人送出去之后，敌军已经不再犹豫，一口气便把城摧毁，不但要浅井父子切腹，信长公自己还登上小谷城的京极御殿指挥大军。"发动总攻击！攻城啊！"一声令下，大军一呼百应，"嘿、嘿、噢！"声势骇人地蜂拥而上。这时隐居的久政公殿下只有步兵八百留在里面，坚守着四方，然而敌方大军一望无边，柴田修理亮殿下率先带头攀上城墙，呼呼地翻了进去，隐居公也觉悟到现在完了，暂时让井之口越前守②殿下阻挡攻来的敌军，在那之间自己则切腹了结残生。由福寿庵大人担任介错③。据说有一位叫做鹤松太夫的善舞者，说道："基于经常蒙召陪伴的深厚情谊，请让我

① 织田上野介守即信长之弟信包。本能寺事变之后臣服秀吉。在清洲城养育阿市夫人的三位公主。

② 井之口越前守经亲是浅井亮政战败时当替身切腹自杀的井之口弹正经元之子。浅井久政之妻的弟弟。以勇猛闻名。

③ 陪伴切腹者，随后为其斩下首级的人。

也相伴吧。”于是捧起酒杯一饮而尽，目送久政公临终之后，自己也由福寿庵大人担当介错，在大厅下一阶的地板上切腹。此外井口大人、赤尾与四郎大人、千田采女正大人、胁坂久左卫门大人，全都自裁了。这位隐居公虽然上了年纪，这样的结局也真可怜。不过回想起来，一切都是他自己不好。在还没落到这个地步之前，如果能早听长政公的话，和朝仓大人切断关系就好了，然而他却没有眼力看出织田的运势，还坚持要固守无意义的道义，难得建立的城邦家园转眼之间便灰飞烟灭了，这又能怨谁呢？何止这样，交战中，战况拉锯之时，既然已经隐居了，对于该出阵的时机，就该别再管才好，却偏偏要一一插嘴，妨碍长政公的策略施展，本该赢的战争却慢了一步，几次都眼睁睁错失良机。虽说信长公拥有天魔波旬[①]的凶猛气势，但如果能完全信任长政公的谋略，让他放手去调度指挥的话，也不至于落到这个地步。因此浅井家，虽然第一代的亮政公、第三代的长政公，都是无双的名将，然而第二代的久政公却头脑平庸、思虑浅薄，因而招致灭亡的命运。这样想起来可以说长政公才真辛苦。本来拥有非凡气度，如果顺利的话，说不定可以取代信长公统领天下的，却因

---

① 佛教用语，“天魔”是住在欲界第六天的鬼，“波旬”是他们的王。指扰乱人心，妨碍智慧、善根的恶魔。

听从父亲的指示，而把自己的气运给掐断了。让我们想起来都扼腕不已，无法释怀，所以夫人的内心真不知道有多难过。不过这也因为孝心重的关系，所以真不能说是对还是错了。

隐居公的宫殿沦陷，是在二十九日午时左右，然后，柴田、木下、前田、佐佐[①]等一伙人一起攻入本殿。长政公带着身边的近卫大约五百人左右冲出去，和敌人正面交锋，让敌人吃尽苦头，又一下子退回来，敌人再靠近来时，便生起黑烟来熏，敌方一股劲猛攻，这边便把想爬上城墙的人推下去、弹出去，不让一个敌人进到城里来。于是二十九日晚上攻城的一方也累了，开始休息。第二天九月一日又再攻打过来。长政公那时候尚不知父亲已经辞世，还问随从："下野守殿下怎么样了？""隐居公昨天已经自裁了。"有人这样说。"做梦也没想到会这样，听到这话，这世间还有什么可留恋的呢？就当成祭吊父亲之战，勇敢地追上他的后尘吧。"在巳时左右，他带领二百人左右杀出重围，把蜂拥而上的敌人一一砍倒，一步也不退却地勇敢战斗，然而柴田和木下的大军如稻麻竹苇[②]般重重包围，这边则只剩下五六十人，众人一字排开，打算跑进

① 指柴田胜家、木下藤吉郎（即后来的丰臣秀吉）、前田利家、佐佐成政。都是织田信长旗下的猛将。

② 稻麻竹苇都是成丛的群生植物，比喻众多。

本殿去时，敌人已经占据本殿，从里面把门坚守住，长政公逃往城门左侧的赤尾美作守大人的屋宇，终于切腹自尽。由浅井日向守介错。陪在身旁的众人，以日向守为首，有中岛新兵卫、中岛九郎次郎、木村太郎次郎、木村与次、浅井御吉、胁坂佐辅等众家臣。据说敌人接到信长公的指示，想办法生擒长政公，然而以刚强闻名的武将们拼死猛斗，敌人并没有机会活抓他，后来踏进屋内时只能取得他的首级。

说到生擒的，有浅井石见守、赤尾美作守和他儿子新兵卫，这三人武运不佳，被绳绑生擒带到信长公面前。那时信长公说："你们，放任你们的主公起了逆心，长年累月累我受苦。"石见大人是个刚直的人，说："我主上长政公是个堂堂正正的大将，不像织田大人那样表里不一。"信长公立刻怒火上升："像你这样还会被活捉的武士，懂什么事情的表里。"用长枪的石尖戳了三次石见大人的头。然而他一点也没有畏怯的神色。"打手脚被绑的人来出气？大将的人品真是不一样啊。"口气含恨地吐出这样惹人厌的话来，终于被斩首。美作大人则顺从地不言不语，信长公说："那个人从年轻时候就以武勇闻名，有如鬼神般被歌颂，然而却错失了时机。""总之我也老糊涂了，瞧我落到这个地步。""饶你一命我会重用你。"信长公这样劝说。"我已经没有任何指望了。"美作大人只请求让他引退。“那么，公子新兵卫，我会提拔他。”信长公再次提议时，美作大人回头看儿子新兵卫说，“不，不，还是辞退比较好，不能又让殿下欺骗，再诚惶诚恐了。”信长公笑着道：“哈哈，你这个老糊涂，好像还在怀疑我，我看起来是这么会骗人的吗？”后来真的提拔了新兵卫。

小谷城的夫人听说丈夫长政公已经自尽，便独自关在房间里，每天念经拜佛。有一天信长公来看她，说道：“对了，你应该有一个男孩子啊，那个孩子如果健在的话，我来收养他，把他教养成人，让他继承长政的位子。”夫人最初无法揣测兄长的心意。“我不清楚孩子怎么样了。”夫人这样说。不过兄长又说：“长政虽然是我的敌人，但孩子又有什么罪过？他总是我的外甥啊，我心疼他才问的。”既然这样为自己设想，夫人也就渐渐放心了，把万福丸藏身的地点透露出来。信长公于是派使者到越前国的敦贺郡，找到木村喜内之介，要他把公子交出来，喜内之介寻思过后这样回答：“公子已经在我自作主张之下杀掉了。”后来信长公又再三派人来问，夫人说：“兄长既然这样说了，搞不好把他藏起来反而把兄妹感情弄坏。何况自己也想看看孩子平安无事的脸，请早一天带他来见我吧。”夫人频频催促，喜内之介虽然心中怀疑，不过既然已经被知道所在地点了，只好勉为其难地陪着万福丸于九月三日来到江州木之本。于是木下藤吉郎大人出来迎接，把公子接过去，把事情报告信长公。信长公居然说：“你把这孩子做掉，把首级插在棍子上示众。”藤吉郎也不禁吓了一跳，十分为难。“有必要做到这个地步吗？”虽然这么说，反而被骂一顿，没办法只好依命照办。长政公的首级，也和朝仓义景大人的首级一起，肉被晒干了取下涂成红色，第二年新年，装在方盒里招待来拜年的众大名下酒。信长公也曾经为浅井大人而遭逢过几次危险，所以大概恨意也相当深，不过说起来也是因为他自己这边先违背了誓约。如果能体察自己妹妹的悲哀的话，也不至于对亲戚那样过分。尤其竟然欺骗自己的肉亲妹妹阿市夫人，把她天真无邪的孩子首级插在棍子上，做法也未免太残酷了。信长公天正十年夏天，在本能寺遇难结束生命，并不只因为明智光秀的造反，其实也累积了太多的人怨，因果报应真可怕啊。

后来的太阁殿下，木下藤吉郎大人出人头地也从这个时候开始。这次的攻城，以柴田大人为首，大家都争相表现纷纷立功，其中以藤吉郎的功劳特别大，信长公也非常高兴，赐小谷城，浅井郡、坂田郡的一半，和犬上郡等领地给他，让他当上江北守。当时藤吉郎大人说，小谷城卫兵少的话难以守住，于是转移到在下的故乡长滨去，那里原称为今滨，那时候才改称为长滨的。

总之，秀吉公关心起小谷的夫人是从什么时候开始的呢？夫人离开城的时候，承蒙她的好意吩咐在下道：“我想带你一起过去，不过你还是暂时先离开这里，再去找我吧。”我原本已有自己的身体即将化为乌有的觉悟，这时心中却开始动摇起来，于是混在轿子后面出了城，在交战眼看着终结的最后一两天，躲在城外，又想再到夫人身旁去，往上野守大人的阵地去时，听到有声音招呼道：“这是夫人喜欢的瞎子。”幸亏并没有受到阻难，便再度为夫人服务了。后来在秀吉公来访时，在下也常常在旁边伺候着，第一次见面时，他来到夫人面前，还恭恭敬敬地叩拜道：“在下是藤吉郎。”夫人也恭恭敬敬地点头回礼，慰问他在战地的辛劳。秀吉公道：“在下这次并没有立下军功，却蒙赏赐浅井大人的领地，而冒昧继长政公之功业，只是给在下这个拿弓箭者面子而已，真不敢当。既然如此，凡事将依循旧规安定江北，效法故大将的武勇。”又道：“阵中想必有许多不方便的地方，不知道身边是否缺少什么，请不用客气尽管吩咐。”哎呀呀，说得可真是体贴入微，原来是这么亲切的人，真教人吃惊。尤其连对公主们也十分敬爱，讨她们欢心。“公主是最大的姊姊吗？来来，让我抱抱。”他把阿茶茶公主放在膝上，抚摸着她的头发。问她：“几岁了？叫什么名字？”阿茶茶公主不回答，勉强让他抱着，然而幼小的心里可能已经知道暗恨这个人就是把父亲大人的城池攻打下来的敌方头目吧，忽然指着秀吉公的脸说：“你好像猴子啊。”秀吉公也有点尴尬。“没错，我很像猴子，公主则长得和母亲大人一模一样啊。”哈哈哈地笑着打圆场。往后在忙碌中他也经常前来探望，总是格外费心，带着礼物来，连公主们也都有份，夫人也说：“藤吉郎真是个可靠的人。”对他放心了，不过在下现在回想起来，其实是因为他早已看上了阿市夫人举世无双的美貌，可能正暗中爱恋着她呢。但因为是主人信长公的妹妹，以自己家臣的身分是不敢高攀的高岭之花，当时应该并没有什么非分之想，不过秀吉公还是不能不防的。虽说身分不同，世上的事情经常是会改变的，尤其是荣枯盛衰激烈变幻的战国时代更是司空见惯了。因此在漫长的岁月中，说不定他悄悄地存着希望，但愿有一天能得到这位美人也不一定，虽然英雄豪杰的心中所想，或许是凡夫所无法推测的，不过在下感觉这好像未必单单只是在下的臆测而已。

这么说来，当受命处死万福丸公子时，秀吉公的为难模样据说也非比寻常。“那样幼小的孩子就算饶过一个，又有什么关系呢？倒不如让他继承浅井大人的名号，让他感觉受到恩惠，反而对天下太平有帮助，这才是仁至义尽的方法。”居间作了种种劝说，然而信长公却听不进去。于是他说：“既然如此，那么这件事就请别人去做吧。”一反常态地违逆上意，信长公非常不高兴。“你别以为这次有功就骄傲起来，进不必要的谏言，还不听指示，说什么叫别人去做。”严厉地怪罪下来，他才垂头丧气地退出去。最后听说公子还是被杀了。想来想去，秀吉公加害万福丸少爷，一直到后来都受到夫人的埋怨，一定很难过。而且不是普通的杀法，是枭首示众的命令，就更不用说了。这个任务偏偏派给了秀吉公，不知道该说是可笑，还是可悲？后来柴田大人和夫人姻缘成就，秀吉公的恋情希望破灭，最后胜家公夫妇的居城终于被攻破，他们成为生生世世的仇人，也是从这个时候开始结下的梁子吧。

当时公子最后的下场，信长公交代不可以传进夫人耳里，虽然因为他的命令，应该没有一个人说出来，不过做到枭首示众的地步，被众多人的眼睛看到过，流言自然多少会在世间散播开来，夫人最后也听到了吧？或者是像萤虫传讯那种第六感的感应，夫人不知道从什么时候开始觉悟到事情不妙，也许猜到了吧，从此以后秀吉公来访时，脸色都不怎么好。有一天，夫人问秀吉公说：“越前后来都完全没有消息，不知道公子怎么样了？最近常常做噩梦，真教人担心。”“不知道怎么样了，再派个人去看看吧。”秀吉公竟若无其事地说。“可是，你不是说过去接公子了吗？”夫人说。平静之中却十分锐利的声音。据众侍女们说，当时夫人脸色忽然变得铁青，狠狠地瞪了秀吉公一眼，让他大吃一惊。从此以后秀吉公在夫人面前就变得很尴尬，渐渐的也就疏远了。

信长公在短期内连连消灭数个国家，一一纳入自己的领地，赐给将士当犒赏，继任者的指派，都一一安排完毕。九月九日岐阜城里庆祝菊花节，虽然每年都会举办重阳宴，不过这个时节尤其大小领主都会盛装前来参加庆祝，据说豪华盛大的仪式场面，令人瞠目结舌。夫人说是玉体微恙，暂时留在江北，谁也不见地隐居着。同月十日前后，终于决定回尾州的清洲老家去。当时信长公以岐阜的稻叶山为本城，因此对夫人来说安静的清洲城反而比较方便。但是经过途中的竹生岛时说想去参拜一下，所以女侍们和在下也一起随侍着，从长滨上了船。那时节，伊吹山已经积雪了，湖面上格外寒冷，不过因为是冷澈的早晨，远近山峰清晰可见，女侍们都倚靠在船边，依依不舍地和长年住惯了的土地告别，听到飞过天际的雁啼，看到海鸥拍翅的模样，都不由得流下眼泪来。风吹动芦苇的声音，从浪间跃起的鱼儿身影，一一都教人悲从中来。船驶到竹生岛岸边时，夫人说："在这里停一下吧。"大家正不明白是怎么回事时，船头摆出读经桌，夫人朝着湖面合掌，安静地开始念起经来，大概这一带就是那石塔沉下的地方。原来夫人说要到竹生岛时其实就有这个打算的，那时候我们也想到了。船在波浪中摇摇摆摆漂浮之间，夫人便焚起香来，闭上双眼一心念着南无德胜寺殿天英宗清大居士，据说由于合掌时间太久，旁边的人开始担心，会不会就这样从船边跳下去，想和夫君葬身于同一片水底的藻间呢？于是悄悄拉着她的衣袖。在下却只专心听着夫人手中响的念珠声音，闻着美妙的烧香气味而已。

接着夫人上到岛上去参禅一夜，第二天上到佐和山，休息一两天后，再度出发，一路平安无事地到达清洲城。老家的乡亲准备了美好的宫殿来欢迎夫人，尊称她为“小谷的夫人”，极其尊敬地款待，因此夫人没有任何不方便的地方，只是早晚默默读经，期待公主们长大成人，除此之外并没有其他事情，也没有访客，所以完全过着被世间遗忘的人似的寂寞生活。而且说起来，以往眼前有许多人走动，总有些什么事情在分心，现在则从早到晚都隐藏在阴暗的室内，无聊地度着日子，连冬天短短的白昼都觉得好长好长。心中自然浮现亡故夫君的容颜，思想起曾经有过的这般事情、那般情景，过去的种种已经一去不复返了，不禁悲从中来，忍不住叹息起来。本来夫人出生于武门，因此凡事都能坚强隐忍，绝少在人前不小心落泪的，不过到那个时候说到身边的众人，也只剩下我们而已了，压抑的心总算一下子放松下来了吧。现在才让她感到真正的悲哀，在四下无人的房间深处，不知道想起什么来，低声哭泣的声音，有时在偶尔经过走廊时会传到在下耳里来，摸到她袖口湿湿的日子也好像很多。

这样像做梦般过了一两年，在那之间，春天赏花，秋天赏枫的活动，我们怂恿她出去散散心，她都说："我不去，你们去吧。"自己则过着和世间隔离的生活，看来和公主们在一起，才是她唯一的消遣，只有这时候才听得见她开怀的笑声。幸而三个女儿都很健康地成长，个子也日渐长高，连最小的小督公主也已经可以自己走路，开始会夹杂一些不清楚的单字说话了，夫人看到这番情景，想起如果亡夫还在的话该有多好，便又叹起气来。尤其身为一个母亲，也难以忘记万福丸死去的事情，总是不停地在哀悼他，就因为自己的思虑浅薄，才害他落入敌人手中，遭遇那样悲惨的下场，骗人的人固然可恨，被骗的自己也可恨，实在很难释怀。还有寄养在福田寺的最幼小的公子也不知道怎么样了。幸亏信长公不知道有这个孩子，总算暂时逃过了，然而还在吃奶的幼儿离别之后音讯杳然，后来是否安康也无从打听，夫人嘴上虽然没有提起，不管刮风下雨，可能没有一天不在挂念着吧。因此公主们更成为这世间最可爱的人，连对两个公子的慈爱也加到她们身上，格外疼爱有加。

京极高次公，那时候刚好十三四岁吧。后来成为信长公侧近的手下，在元服之前寄居清洲，有时候会到夫人的宫殿来。不用我说，这孩子本来属于浅井家主公的家族，是江北的世家，佐佐木高秀公的遗腹子。那么本来这孩子才是近江国的领主才对的，然而先祖高清公却在伊吹山麓出家退隐了，领地内便归顺在浅井殿下的势力之下，自己则过着收敛的生活。前年当小谷城沦陷时，信长公为了对江北施恩而用了计谋，特地把这孩子叫出来，提拔他当个小姓①。后来，天正十年六月，他加入明智光秀②的叛变，和安土万五郎一伙去攻打长滨城，此外庆长五年九月关原之战时，背叛大阪，在大津被围城，以仅有的三千人抵挡一万五千人来袭的，就是这个人。不过那时候，还看不出他有那样蛮横的气象。只是个顽皮鬼，不过虽然出身世家，但自幼却成长在阴影下似的，有点小心翼翼的可怜样，来到夫人面前时话也不多，相当老实，连在下都不太知道他到底在不在场。其实这孩子的母亲是长政公的妹妹，因此和公主们是表兄妹的关系，夫人等于是他的舅母。因此夫人在想念万福丸的时候，也觉得这孩子可爱。夫人疼惜地说："你可以把我当成母亲一样，没事的时候

---

① 武士的职名。主君近侧打杂的童仆。

② 明智光秀（1528—1582），织田信长的家臣，九州之世族，被赐名惟任，受命为日向守。天正十年（1582年）六月二日黎明，突袭上京中的信长，使其于本能寺自杀，信长的长男信忠也于二条御所被迫自杀。然而得不到其他武将支持，于十一天后，被从攻打备中高松城折返的秀吉于山崎一战败北，于逃走途中被土民袭击，受重伤自杀身亡。

随时都可以到这儿来玩噢。”还对在下夸奖他道：“这孩子虽然不说话，不过肚子里很实在，一定很聪明。”

是的。和阿初二公主结姻缘是在很久以后，那是七八年后的事，因为当时公主们也都还小，并没有提到这种事。不过这孩子，与其说对阿初公主暗生情愫不如说暗恋着阿茶茶公主，可能有意无意就悄悄偷看她的脸。当然没有任何人留意到，不过明明还是小孩，却像大人那样镇定，沉默寡言，总是恭恭敬敬地留在夫人面前，总教人觉得是有心的。要不然，没什么特别有趣的事情为什么会常常来御殿，拘谨地默默坐在旁边呢？只有在下觉得怪怪的，嗅出不寻常的气味，所以曾经悄悄在女侍们耳边说：“这孩子看上阿茶茶公主了。”不过她们只以为是瞎子的胡乱猜测，大家当笑话听，没有人当真。

那么，夫人在清洲，从小谷城沦陷的天正元年秋天，到信长公逝世那年秋天，前后十年，算起来整整九年的岁月，真是所谓光阴似箭，之后回过头来看一看俗语所说果然没错。不过正当天下战乱，如果置身在外远远旁观，过着不知何时何地有争战的静悄悄的日子的话，九年说起来也相当长。然而夫人也不知道从什么时候开始，渐渐忘记悲伤，无聊的时候又开始弹弄起琴来了。在下陪伴左右，本来也喜欢此道，又可以帮助夫人排遣散心，因此在空闲时间，就唱唱歌或弹弹三味线，磨练磨练技巧，尽全力取悦夫人。说到唱歌，那隆达节①小调好像就是从那个时候开始流行起来的。

想起你呀
是霜是霰还是初雪
暗夜里雪白的肌肤
拥进怀里像要消失般

像这样的，还有：

酸溜溜的心
把软枕头抛过来
哎呀别抛来
枕头可没罪呀

更滑稽可笑的歌词还有：

若送你腰带
可别埋怨
是系过的腰带

① 大阪地方的药商高三隆达创始的流行歌谣。

那系过的腰带

就像你摸过的肌肤

之类的，在下常常唱给大家听。最近这隆达节已经不流行了，不过有一段时期就像现在的弄斋节①一样，非常流行，不分上下贵贱，人人都广泛传唱。太阁殿下在伏见城里观赏能剧的时候，隆达大人特别登上舞台献唱，幽斋公②为他配着打小鼓。在下在清洲的时候，才刚刚开始流行，所以起初纯粹只以给城里的女侍们消遣解忧的，一面用扇子打着拍子小声哼唱，教她们调子节奏，然而女侍们因为喜欢在下刚刚说的滑稽歌词，所以每次都要在下唱，听完又咯咯地笑个不停，所以不知不觉间也传进夫人耳里，说道："也唱给我听听吧。""不能登大雅之堂，不适合让您听呢。"在下虽然这般推辞，然而夫人却说："务必唱来一听。"从此以后，在下就常常在夫人面前献唱了。"蒙蒙春雨呀，轻轻下，别把花淋落"，夫人非常喜欢这词句，每次都指定要我唱，大体说来比起开

---

① 隆达节流行之后，在京都的游里间开始流行起来的小曲。宽永年间(1624—1644)也流行到江户。

② 幽斋公指细川藤孝(1535—1610)。熊本藩主细川家之祖。室町幕府第十三代将军义辉、十五代将军义昭的侧近，后成为信长的家臣，本能寺事变后隐居，号幽斋，不仅武艺高强，且擅长和歌、连歌、源氏物语、音曲、茶道等。

朗欢喜的歌，夫人好像更喜欢沉静忧伤的歌。在下经常唱给她听的是：

时不时落雨
时不时飘雪
每次想起了你
不禁泪涟涟

或者：

要想我嘛
可别让别人知道了
不过啊
装不想之后
可别真把我给忘了

之类的歌。不知道是不是因为这两首的歌词，和在下心中的感觉相通，一心投入地唱起来时，丹田便不禁涌出不可思议的力气来，曲调婉转的地方自然会仔细地转，连声音都特别发出光泽来，因此听到的人经常会被感动，在下自己也为自己声音的巧妙而着迷，心中的种种委屈也暂时解开了。而且在下又揣摩三味线的曲子，在歌词之间推敲加入些有趣的间奏、节拍或旁白，让歌唱起来更加带感情。这么说来好像有点自夸似的，不过这种小调配合三味线来唱，是从我们唱着玩儿开始的，就像前面也说过的那样，当时多半是以鼓来打拍子。

话题好像跳到游艺方面来了，不过在下常常觉得，天生声音好听，擅长唱歌的人，真是非常幸福。隆达大人原来也是堺[①]这地方的药商，就因为很会唱歌，所以被太阁殿下召见，由幽斋公打鼓伴奏，成为当代最有名望的歌手。他是凭自己的实力创立一个流派的名人，跟他比起来，在下实在微不足道，不过在清洲城度过的十个春秋之间，朝夕陪伴在夫人身旁，每逢花开枫红、月明雪白的时节，陪伴她共赏风雅，承受不同一般的厚恩，多少也托夫人爱好音曲的福。人的希望各有不同，什么方面能够得到果报虽然很难说，可能有人会认为像在下这种人的境遇非常可怜，不过在下自己觉得没有比这十年之间更快乐的时候了。因此在下也不太羡慕隆达大人。要说为什么吗？能够配合夫人的琴声尽心磨练三味线的秘诀，又能唱出夫人想听的歌，让她开怀解忧，每次都获得她的赞赏，比受到太阁殿下赏识更合在下的心意。一想到这也是托生为盲人

---

① 堺市，位于大阪南面，工商业城市。室町时代后期作为与中国明朝和东南亚的贸易港繁荣起来。

才有的福分，活到今天为止，再没有一次为自己身体的不全而感到遗憾过。

有一句谚语说：蚂蚁的希望也能通天。就算是可怜的盲人，忠义之心也和其他人一样，总希望她心中的忧伤能够痊愈，总希望她能过得开心一点，能这样诚心服侍她，也许是向神明的祈愿应验了吧，不，可能未必只是这样，那时候夫人渐渐胖了起来。有一段时间曾经相当消瘦憔悴的，在不知不觉之间又恢复到从前那样的丰润身材。刚回到娘家时，肩膀的骨头和最上面的肋骨之间形成一道凹痕，那凹痕渐渐加深，脖子周围瘦成以前的一半左右，夫人就这样一味地瘦下去，每次为她按摩时，我都会伤心落泪。然而到了第三年、第四年左右，很庆幸地，夫人一天天、一个月一个月地逐渐长出肉来，到了第七年、第八年时，已经比在小谷城时，出落得更娇艳光泽，实在不觉得是生过五个孩子的人。听旁边的女侍们说，圆脸的夫人曾经一度变成长脸，最近脸颊则又丰满起来了，而且头发垂一两撮下来时的风情，真是无比的妩媚多姿，听说连女人看了都要着迷呢。夫人肤色雪白不用说，本来就天生丽质，不过长年累月窝在不见天日的室内过着像积雪般安静的日子，自然变成透明了一般，黄昏时分在昏暗的地方沉思默想时脸色之白，据说会让人吓得全身寒毛都竖起来。本来敏感的盲人，对东西的纹路，大概都能凭手的触感得知，夫人的肤色有多白，在下不用听别人转述也知道，不过同样是白，身分高者的白又特别不同。何况夫人快接近三十了，随着年龄的增长，美貌更为出众，容颜更加美丽，乌溜欲滴的秀发，芙蓉花般的服装，加上丰满的身体，婀娜的体态，之艳丽动人，就像柔软的丝绢衣裳都会溜溜地滑落一般，肌肤质地之细致光滑，比年轻时候感觉更加美好。然而如此美丽的人，还这么年轻就无缘无分，藏起包不住的色香，夜夜孤枕空闺寂寞，也实在无奈。虽说深山的花比原野的花香，但除了春天飞到庭院里来啼唱的黄莺，和秋天照在山边的月光之外，再也没有别人看过这样坐在玉帘深处的夫人倩影了，如果有人知道的话，即使不如秀吉公，也一定会被烦恼之火所煎熬吧，人世间的宿命机缘大多如此。

就这样，那个时节的夫人，就像等待春天二度来临、即将盛开的花朵一般，然而从前的伤心事，悔恨的事，似乎还没能完全遗忘。为什么这么说呢？在下有一次独一无二的经历。有一天正在一面为夫人按摩一面陪她聊天的时候，不知怎么意外提到一件事。那天刚开始她心情似乎出奇的好，想起小谷城的事，长政公的事，也对我说了许多其他各种往事，顺便提到那一年在佐和山的城里，信长公和长政公第一次见面时的故事。那是夫人完婚后不久，大约是永禄年间的事吧，当时的佐和山是浅井大人的领地，信长公从美浓国来访，长政公来到折针岭[1]迎接，然后引导他进城，在初次见面打过招呼之后，尽善尽美地盛宴招待。于是第二天信长公提议："如今天下大事当前，你我何必东奔西走浪费时间？这次不如换我来向您借这座城，让我来作东回礼，请长政公和隐居公一起来城赴宴。"宴会时织田大人所送的礼物，从一文字宗吉[2]的长刀、大量的金币、银币、马代[3]，连众家臣们都有份，浅井大人的还礼，则有历代祖宗传下来的备前兼光[4]的名刀、定家卿[5]在藤川[6]游玩时所作的近江名胜全览歌书，其他还有月毛驹[7]、近江棉等，准备了相当丰富的各种礼物，随行人等也都个别获赠崭新打造的长刀和插在腋下的短刀。而且夫人许久没有见到兄长的面了，特地从小谷城赶来这里，因此信长公更感到格外高兴，请浅井大人的老臣们也

---

① 位于彦根市。

② 铸刀祖师则宗从后鸟羽院获得许可在刀上铭刻"一"字，成为从镰仓初期到南北朝时代，备前地区闻名的刀工团。

③ 武家间代替赠马所赠的金、银、绢、绫等。

④ 镰仓后期，备前的刀匠，以制作武将的爱刀闻名。

⑤ 定家卿指藤原定家（1162—1241），歌人，奉命编撰《新古今和歌集》、《小仓百人一首》，影响后世深远。

⑥ 藤川在滋贺与岐阜县界附近坂田郡伊吹町。在关原往长滨的中间。但定家并没有去过藤川的记录，因此近江名胜全览歌书可能是虚构的。

⑦ 月的发音（tsuki）为鸨的古名，鸨的羽毛一部分红中带白，这种毛色的马称月毛驹。

前来说道："大家听好，各位的主人备前守既然已经成为我的妹婿了，我两家的旗帜将飘扬在日本全国之下，因此只要各位能尽心效力的话，一定提拔各位当上大名。"酒宴从早开到晚，夜晚兄妹三人和睦地进入里间，一连滞留了十多天。在那期间的美食大餐，有佐和山湖边撒大网捕获的鲤鱼、鲫鱼和无数的湖鱼，这些都深得客人欢心，信长说道："这在美浓国真是难得一见的好鱼，所以回去的时候务必让我带一些回去当礼物。"终于要回去的前一天，又再设酒宴饯行，始终非常愉快，一切顺利地出发了。"那时候内大臣殿下①和德胜寺殿下②看起来真的感情都很好，笑嘻嘻的，我也不知道有多么开心。"夫人把这些事情详详细细地娓娓道出。"试想起来，那十天左右的期间，是我最幸福的时候。在一生中所谓快乐的时光并不会太长久。"夫人说。那么，那时候不用说夫人，就是家臣们也都没想到后来两家会不和。大家全都在祝贺千秋万世永远和好，对于长政公把兼光的长刀当成礼物，据说后来有人说闲话。为什么呢？有人说："那长刀是先祖父亮政公密藏的铸造物，不管多么重要的庆典场合，都不应该把那么重要的历代宝物让给别家，这于理不

① 指织田信长。天正四年奉叙内大臣正三位。
② 即浅井长政。

合，因为做出这样不当的事情，才成为浅井家被织田家灭亡的前兆。”然而，这都是后人添油加醋的，长政公之所以会把这东西让人，也是因为对夫人和她的兄长怀有格外不同的好感的关系。因为这样而使家族灭亡，那是涉世不深者事后的臆测吧。在下这样说时，夫人也点头说道：

“正如你说的那样。”夫人又说：

“一个是妻舅，一个是妹婿，说什么谁葬送于谁之手，去在乎这个才不对。以内大臣来说，那时候只带着少数人从美浓国远道而来经过这不知是敌是友的地方，也不是容易的事。对他这心意，德胜寺殿下予以回报，以平常他的气性，我想也是理所当然的。”

然后又再说道：

“不过，在许多家臣之中，也有居心不良的人。好像是叫远藤喜右卫门尉的吧，那时候我们要回小谷城时，从后面骑马赶过来，说今晚织田大人会在柏原住一宿，机会难得不妨讨伐他，曾经这样瞒着我，悄声对殿下耳语。殿下还笑着说：真是个愚蠢的家伙。没有理会他。”

那时节，长政公送信长公到折针岭，在那里告别，只让远藤喜右卫门尉、浅井缝殿助、中岛九郎次郎这三个人，陪伴信长公到柏原去。信长公到了柏原，就住进常菩提院的宿处。说道：“这里是长政的领地，所以一点都不用担心。”就让护卫的骑士们到村子里去，只留下侧近的侍者和执勤的人在身边而已。远藤大人看到这样子急忙转身，猛夹左右镫，快马加鞭地奔回小谷城，支开旁人，向长政公禀报道：“在下仔细观察信长公的容貌举止，他犹如猿猴溜到枝梢般机敏聪明，识人辨物如看映在镜子上的影子般清晰明睿，将来必成为可怕的大将，以后跟殿下的交往不可能顺利，今宵的信长公看来似乎相当放松，宿处只有十四五个人，因此在下认为不如趁现在就去讨伐他才是上策。请速下决心，如果能点出人数来，把织田大人主从一一讨伐，闯入岐阜的话，美浓、尾张转眼就到手了，趁势把江南的佐佐木赶走，再在都城举军旗，讨伐三好[①]，那么天下转眼之间就在主公麾下了。”据说他曾这样热心地进谏，当时长政公说道：“大凡武将之身，心里都有数，以谋略征讨固然是好，然而对于相信我们而来访的客人，暗中奇袭，并非正道，信长公现在正放松警戒，停留在我方领地之内，如果趁其不备灭了他，就算得到一时之利，终究会受到天谴，如果要讨伐的话，上次在佐和山就可以干了，不过我不喜欢做这种违背理义的事情。”无

① 三好三人众。一度控制畿内的三好长庆去世之后，家臣三好长逸、三好政康、岩成友通掌握实权，被称为三好三人众，一五六五年甚至杀害十三代将军义辉。但一五六八年被进京的信长驱逐，从此失去势力。

论如何都没有照办，因此远藤大人也说：“那就没办法了，将来一定会有后悔的时候。”于是又再回到柏原去，若无其事地款待客人，第二天平安地护送到关原。

夫人把这来龙去脉都详细地说给我听。“不过远藤所说的事情，现在想起来似乎也很有道理。”话虽这么说，然而这时夫人的声音却忽然颤抖起来，听起来颇为异样，在下也吃了一惊，怎么了呢？

“一方怎么讲究情分，如果另一方完全不顾理义的话，也没有用。难道要取天下就非要做出像这样畜牲都不如的事情才行吗？”夫人像在自言自语似的，然后就沉默下来，不动声色了，在下开始感觉不对，于是停下正在按摩着肩膀的手。

“夫人的苦衷，在下明白。”

不禁伏身敬礼。于是夫人便又若无其事地说：

“辛苦你了。”又说：

“好了，你下去吧。”

于是在下急忙退到侧间去，这时很快就隔着纸门听到吸鼻子的声音。刚才夫人心情还很好啊，不知道什么时候心情开始变坏的，为什么会突然谈起像现在这样的话题？刚开始只是谈到怀念的往事，渐渐太投入，也许连不愿意去回想的事也想起来了。夫人并不是会对一个像在下这样地位卑下的人随便透露心事的人，平常总是把话藏在内心深处，自己忍着，可能也没想到自己会无意间说出口吧。虽然如此，小谷城的事已经过了将近十年，现在夫人还没忘记，感情这么强烈，尤其对兄长信长公竟然憎恨到这个地步。在下第一次知道，原来一个丈夫被夺走的妻子，儿子被夺走的母亲的仇恨，竟如此之深。在下感到既惶恐又可怕，一时之间竟全身颤抖到停不下来。

除此之外，在清洲时候的事，还有很多令人怀念的，不过因为太琐碎了，就说到这里为止，倒不如让在下说说自从信长公遭遇不测之后，这位夫人第二次缔结姻缘的始末吧。其实信长公去世的事情不用在下特别说明，老爷您也已经知道得很清楚了。那本能寺之夜的事变，是在天正十年也就是壬午年的六月二日。毕竟，会发生这样的事变，任何人做梦都没想到。而且连他的公子城介大人在二条的御所也同样被明智的兵包围而切腹自杀，当得知他们父子竟已同时赴他界时，普天之下无不哗然震惊，骚动不已。那时节，他的次男北畠中将大人正坐镇势州，三男三七大人正和丹羽五郎左卫门大人一起到泉州堺的渡口，柴田、羽柴等大人也都各自到远方出阵，安土城里，担任留守任务的是蒲生右兵卫大夫大人，他带着很薄弱的兵力，守护夫人和女侍们。他让侍从骑着裸马到城下通报。“别慌张，不要骚动。”这样到处安抚，不过村民不是慌张地哭诉：“明智马上就要攻过来了。”就是大声喊叫，狼狈不堪。右兵卫大夫大人最初也觉悟到安土城可能被重兵包围，不过可能担心防守不易，马上改变想法，把夫人和妇人们早早带出城，转移到自己的居城日野谷避难。据说那是在三日卯时的事，而五日，很快地日向守就来到安土城，毫不费力地占据了全城，紧急之下原封不动地留下的许多家具用品金银财宝都被他据为己有，听说甚至还分给手下的人。因为连安土城都这样了，岐阜和清洲，啊，明智会不会马上就攻过来？上上下下人心惶惶，正当这时，前田玄以[①]斋大人带着城介大人的夫人和公子从岐阜城逃到清洲来。这位公子就是信长公的嫡孙，后来当上中纳言，当时称为三法师，才不过三岁而已，本来和母亲等住在稻叶山的居城，城介大人自尽的时候，吩咐玄以斋说，把他们留在岐阜会有危险，赶快带他们逃到清洲去，于是玄以斋立刻逃出京都，自己抱起公子逃到岐阜。这期间，明智的大军来到佐和山，攻下长滨的诸城，降服江州一带，猛攻蒲生大人固守的日野城。北畠中将大人正打算从势州赶过去救援，往近江路攻出，途中到处有农民蜂起反抗，无法顺利通过，曾经一度束手无策，后来终于与三七信孝公和五郎左卫门尉大人，联合起来赶到大阪去，获知

① 前田玄以（1539—1602），织田信长家臣。本能寺事变后，守护信忠的遗孤三法师（秀信）。由翌年起十七年间，于京都任职，并负责辅佐秀吉之子幼年的秀赖。

日向守的女婿织田七兵卫大人已经被拿下。日向守听到之后，就把日野交给明智弥平次，十日回到坂本[①]的阵营，十三日加入山崎会战[②]，十四日秀吉已经到达三井寺，把日向守、明智光秀的首级和尸骸接合起来，到粟田口处以磔刑。要为这场胜战评功论绩也真不简单，在这场会战之中，三七大人、五郎左卫门大人、池田纪伊守大人分别都和秀吉联手立下功劳，其中秀吉公快速解决毛利的大军，十一日早晨到达尼崎，那战略调度之快速简直可以骗过鬼神。日向守起初完全不知情地往山崎布阵，后来听说秀吉公来到阵地了，急忙重新点兵。就这样秀吉公自然成为总大将，迅速地决定了胜负，秀吉公的威望瞬间堂堂地建立起来，一门之中竟无人可以跟他比肩抗衡了。

清洲城也陆续收到京城来的消息，总之夫人也安心了，大家都很高兴，不久受惠的大名小名们都陆续赶来。那时候，安土城被明智的余党放火烧掉，岐阜则没有什么人在，怎么说清洲毕竟是本城，三法师也在这边，所以暂

---

① 位于现在的滋贺县大津市内。琵琶湖周边交通要冲，也是进入京都的关门，因此自古以来就很繁荣。一五七一年明智光秀建坂本城，曾经是继安土城之后的天下第二名城。

② 天正十年六月十二、十三日，秀吉、织田信孝等的联军从西方攻来，在山崎破明智光秀。山崎位于京都和大阪交界处，自古即是京都攻防的要冲。

时大家都往这里来拜见。尤其修理亮胜家公在越中方面，听到本能寺的事变，与景胜公[①]议和，急于准备复仇之战而上京，在柳濑[②]早早获报日向守已经被消灭，于是立刻赶来这里。此外北畠信雄公、三七信孝公、丹羽五郎左卫门尉大人、池田纪伊守大人父子、蜂屋出羽守大人、筒井顺庆大人等，到十六七日左右，大家都聚集到这里来，秀吉公在京都捡了王君的遗骨之后，先回到领地长滨，随即也赶了过来。信长公在世的时候，本城从清洲迁到岐阜，从岐阜迁到安土，极少回到这边来，长久以来这边都静悄悄的，真是好久没有这么多来历不凡的众家臣们齐聚一堂了。而且以柴田大人为首，和先君一同经历过战事的劳苦功高的旧臣们，现在都已经是一国一城的主人，还有许多已经成为拥有数国的大大名了，穿着绮罗的华丽队伍络绎不绝地源源来到，因此城里突然热闹起来，原来阴郁的室内也忽然豁然开朗。

至于城内，从十八日开始众人便聚集在大厅，举行评定会议[③]，详细情形如何在下不太清楚，不过应该是讨论

---

① 上杉景胜(1555—1623)，父为长尾政景，母为上杉谦信之姊。父亲死后受到谦信庇护，谦信死后继承其位。

② 滋贺县伊香郡余吴町柳濑。位于小谷城的驿站旅馆街。

③ 指清洲会议。六月二十七日，羽柴秀吉、丹羽长秀、池田恒兴、柴田胜家四人集会。秀吉把长滨城让给胜家的养子——胜丰，相对的却取得山城的丹波与河内的大部分，成功地控制了畿内。

信长公去世后的继承问题，商量领地属国如何分配吧。因为这种事情总是各人有不同的想法，很难摆平，因此只有拖延下去，众人每天都聚集谈到深夜，有时候甚至听到高声议论争吵。照道理来说，三法师公子虽然是嫡系传人，不过因为年纪还幼小，所以有人建议现在应该由北畠大人继承，凡此种种，意见不一，局面很难收拾。不过最后家督之仪，还是决定由三法师君继承，从一开始柴田大人和秀吉公就意见不合，好像很多事情都各执己见。说起来，这次秀吉公是功劳最大的，所以很多人内心都往他这边靠，然而胜家公却是信长家的长老，除了主上的兄弟辈之外，是坐最上位的长者，凡事对列座的众人都有威慑力。尤其在各国领地的重新分配上，胜家公独断专行，把丹波国分配给秀吉公，自己则接收秀吉公原有的领地江州长滨六万石之地，据说更加深了双方的仇恨。不过这只是表面上的理由，其实，两个人对小谷城的女主人都有意思，两个人都想得到夫人，在下认为这才是事情的起因。

在那之前，胜家公每次来到清洲城都会拜谒夫人，诚恳地打招呼，不久就秘密拜托三七大人。有一天三七大人来到夫人面前，似乎提出了与胜家公结缘的建议。夫人也觉得，以前怎么说都是靠兄长的关系，他在世的时候，虽然怀恨在心，事到如今也只有感叹的份，过去的恨就忘了吧，只一心为他祈冥福，往后自己的处境可以暂且不管，但三个公主的未来前途，该靠谁才是，想必也正不知如何是好吧。得知胜家公不薄的心意，夫人是否觉得有一点喜欢呢，就算不到这个地步，至少好像还不讨厌的样子。但她一来希望对德胜寺殿下长守贞操。二来身为小谷城主的未亡人，是否适合下嫁织田家的臣下，又有这方面的顾虑，一时无法拿定主意。不久秀吉公这边好像也提出同样的请求。这又是哪一位来说媒的呢？大概是北畠中将吧。不管怎么样，北畠大人和三七大人是同父异母的兄弟，两个人本是连枝，但关系不太好，一个扶胜家公的肩膀，一个则推秀吉公的屁股。当然，具体情形，在下也无法详细禀告，不过女侍们常常说一些悄悄话，偶尔会传进在下耳里。“说起来，秀吉公从在小谷城的时候就暗恋夫人了，那时候就看出来了，果然没有猜错。”在下私底下曾经这样想过。不过，就算这样，这十年来，不断往来于千军万马之间，昨天屠一城，明天拔一垒，在这样忙碌的戎马生涯之中，他依然一直思慕夫人的容颜吗？从前有身分高下的顾虑，这次山崎一战，为亡君报了仇雪了耻，如果顺利的话，可能问鼎天下，现在正是把多年心事吐露出来的时候。秀吉公固然如此，看起来一味逞勇的胜家公居然心中也暗藏着温柔的爱恋之心，倒是在下所没料到的。这或许不只是爱恋而已，而是三七大人和柴田大人预先串通，早就看穿秀吉公的心事，刻意要阻挠他的吧。似乎有一点这种意味。

然而要与秀吉公再婚的事情，不管有没有受到阻挠，终究没有谈成的道理。夫人听到来提亲时就说道："藤吉郎想要我当他的妾吗？"神情是想都别想的意思。原来如此，秀吉公早有了名为朝日夫人①的正室，亲事就算谈成了，口头上再怎么说和正妻同等待遇，毕竟还是妾。织田已经不在人世，小谷城攻城时功劳最大而且获得浅井大人全部领地的也是藤吉郎，以欺骗手法抓到万福丸把他枭首示众的也是藤吉郎。回想起来可恨的事一件又一件，全都是藤吉郎所做的，夫人把对兄长的遗恨全都转移到秀吉公身上了。虽说秀吉最近突然毛色变好起来了，但身为织田家的千金，怎么会想嫁给一个出身不明突然暴发的人当妾？这怎么可能？如果不能一辈子守寡的话，与其选择秀吉公不如选择胜家公，夫人会这样想确实也有道理。因此虽然还没有完全下定决心，不过这种意向，已经传遍全城，终于激化了两个男人间的不和。说起来，胜家公本来应该自己来报亡君之仇的，这功劳却被秀吉公从旁抢走了，难免嫉妒在心。对秀吉公而言胜家公则不但是恋爱上的情敌，还有夺取领地之

---

① 指丰臣秀吉的正室宁宁夫人(1548—1624)，出生于尾张国朝日村。

恨。即使在众人列席的场合，彼此也一直耿耿于怀，当一方说“要这样”时，另一方就说“不对，那样不行”。怒目相视，争执不下，从连枝兄弟到其他大名们，都分成柴田派和羽柴派。因此在评定时，柴田三左卫门胜政大人①悄悄把胜家公招到后面去小声耳语道：“趁现在把秀吉公斩了吧，留下他将后患无穷。”然而胜家公毕竟说：“如今正当全力守护幼君之际，却同门相讨，徒然惹人物议。”据说并没有答应。不但如此，秀吉公也提高警戒。半夜里几次去上厕所，丹羽五郎左卫门尉在走廊把秀吉公叫住。“如果志在取得天下的话，就请把胜家公斩了吧。”说了同样的话。据说这也没有被采纳。“为什么要把他当敌人呢？”不过可能也让他想到不宜久留吧，一等评定会议结束，半夜就悄悄离开了清洲城，经过美浓国的长松，回到了长滨，暂时平安无事。

不久三法师幼君被转移到安土城去，由长谷川丹波守大人、前田玄以斋大人守护着，直到成人以前住在江州，领有三十万石，清洲城里北畠中将大人，岐阜则有三七信孝公驻守，大名们彼此交换坚定的誓约后分别回国去了，夫人再婚的亲事则是在那年秋末决定的。这门亲事因为是

---

① 柴田三左卫门胜政即柴田胜政（1557—1583），佐久间盛政之弟。以武勇闻名，成为柴田胜家的养子。越前胜山城主。贱岳之战败后，被秀吉收服。

由三七大人做媒的，因此夫人由清洲出发，胜家公由越前出发，往岐阜城去，在那里举行庆贺仪式，然后夫妇一同带着公主们，前往北国去。那前后的事情，在下听过许多人谈起，有各种传言，不过当时因为在下也在队伍之中，一起去到越前，所以知道个大概。当时，有一种流言说秀吉公听到这出嫁的事情，还说："不让胜家公回到越前。"打算出阵到长滨，埋伏等他们经过，但在池田胜入斋大人的劝阻下才打消念头。另一种传言则说这完全是没有根据的谣言。不过秀吉公的养子羽柴秀胜①公则代表他来到岐阜城，表达了祝贺之意："这次家父秀吉有所不便，无法前来祝贺，待柴田大人回国途中，将于途中候驾，并设宴庆贺。"口头上这样传话，因此胜家公也欣然同意，接受秀吉公的邀宴。然而一队人马突然由越前赶来迎接，好像有什么特别的事情商量的样子，只好派人向秀胜公婉谢邀约，半夜突然往北国进发。秀吉公有没有什么阴谋不得而知。在下所知仅此而已。

说来，夫人是以什么样的心情下嫁的呢？总之再婚，不管多么豪华的婚礼，心情总是落寞的。夫人在嫁到浅井家时，一切仪式都万般华丽，现在年龄已过三十，不但历经种种辛劳，还带着三个公主，远赴雪深的北国越前。而

① 羽柴秀胜（1568—1586），织田信长的四男，丰臣秀吉的养子。

且，不知道是何种因缘，连走的路都和以前相同，经过相同的驿站，相同的道路，从关原进入江北之地，居然经过令人怀念的小谷一带，可不是吗？不过上次据说是在元禄十一年龙年的春天，这次却是十五六年的岁月之后，虽说是秋天，然而北国已经是冬天的景象了。何况又是在夜晚匆忙出发，没有任何华丽的排场，还被秀吉公的大军可能在途中准备抢婚的流言困扰，有些女侍们骚动不安。不但这样，途中阻碍重重，又刮起强烈的伊吹风[1]，越往前进感觉越冷，从木之本、柳濑一带开始更下起夹带冰霰的冷雨来，在险峻的山路上，人马的气息都凝成白霜，可以想像公主们和贵妇们一定常感胆怯害怕。在下这身子旅行起来尤其不方便，就比别人更辛苦了，不过对在下来说，与其说担心这种事情，不如说更担心夫人，在这寒冷的天气里，翻过一山又一山，前往未知的国度，未来的命运会怎么样呢？在下只一心祈祷，但愿夫人夫妇感情和睦，白头偕老，永享荣华富贵。然而，幸亏胜家公出乎意料之外的温柔体贴，并没有忘记夫人是亡君的妹妹，非常珍惜，敬爱有加，也因为不惜横刀夺爱，能娶过来实在不易，格外疼惜爱恋，自从到达北之庄城之后，夫人的心已经日渐放宽，大人的款款深情，她都一一欣喜地接受。因此尽管外

① 从伊吹山吹下来的寒风。

面很冷，殿堂之内却有春天的温暖感觉，可见这门亲事结得值得，底下的人眉间十年来的忧愁也终于舒展开了，然而这也只不过是转眼之间的事而已，就在那年里就又开始打起仗来。

刚开始，胜家公还想以前的事就让它付诸流水，自己愿意重新建立友谊，婚礼过后不久，就派后来的加贺大纳言利家公、不破彦三大人、金森五郎八大人，还有养子伊贺守[①]大人为使者，上京去说道："我同门朋辈如果干戈相向，会对不起亡君的牌位，希望以后能和睦相处。"当时秀吉公也相当高兴，说自己想法也一样："特地派使者前来真不敢当。修理亮大人既是信长公的老臣，怎么敢违背他的尊意呢，往后万事还请尽管指示。"照例礼貌周到地殷勤招呼，使者们被极尽热诚地招待后才回来。因此大人们不用说，连我们这些下人也以为，两家从此以后会和睦相处。心想以后就不用再多担心了，夫人的未来也不会再出差错了。总算松一口气，抚平了心中的不安。然而才经过不到一个月的时间，秀吉公就率着数万骑兵力，出阵

① 伊贺守即柴田胜丰（1556—1583），父亲是柴田胜家的老臣吉田次兵卫，母亲为胜家的姊姊，成为胜家的养子。清洲会议胜家将得到的江北三郡赐给他，移居长滨城，年底被秀吉攻打，随即投降。可能因胜家后来生了亲生子权六，胜丰失去继承资格，胜家又重用外甥佐久间盛政，因此怀恨胜家。于贱岳之战时因病留在京城，在胜家自刃的八天前病死。

到江北来，远远围住长滨城。这其中似乎另有计谋，也有人说，秀吉公暗中计划攻打北之庄。怎么说呢？

因为北国冬天冰天雪地，没办法调度大军，所以暂时采取和睦姿态，等到明年春天雪融之后，再和岐阜的三七大人联合起来，要攻打京城，说已经这样商量好了。虽然不管会怎么样我方并不知道，不过当时长滨有养子伊贺守大人驻守，由于平素对胜家公含恨在心，突然和羽柴大人同心起来，把城打开交给他，因此上方大军就像潮水般乱流入美浓国，攻进岐阜城。北之庄也不断有军情来报，接二连三的事件纷纷传来，不过十一月已经是极寒冷的季节了，外头到处大雪纷飞，胜家公每天遗憾地睨着天空想道："难道我被猴子骗了吗？如果不是这大雪天的话，以我的武略，要击溃上方的大军，简直比用石头去砸鸡蛋更简单。"他伸脚猛踢庭院里的积雪，咬牙切齿地说，让夫人大感不安，旁边的人也怕得直抖颤。羽柴大人的兵力势如破竹地把美浓国的大半攻了下来，短短十五六天之内，就把岐阜变成一座裸城，三七大人也不得不靠丹羽大人，提出投降，毕竟是先君的连枝，秀吉公也就让一点说："那么，就请让令堂当人质吧。"把他的老母亲移送到安土城去，自己则高唱凯歌地返回京城去。

纷纷扰扰之间，天正十年已经过了岁暮，接着迎接新年，然而北国还在严寒之中，依旧积雪如故，胜家公说："可恶的猴子！"又拿雪出气："可恨的雪！"焦躁地怪到雪上，因此初春的庆祝仪式也只流于形式而已，并没有真正过新年的喜庆感觉。秀吉公这边，在下雪期间，看来是想征讨柴田大人的诸侯大名的，一过了新年，就再度领着大军往伊势进发，攻破泷川左近将监①大人的领地，频频传来正在对战的军情。虽然现在北国还很安静，然而等到雪融化之后，必定难免要和上方的大军对峙，因此城中赶着做这样的准备，大家都显得慌慌张张的。在下这种人遇到这种情况时，真是一点用处都没有，所以只好不知所措地独自安静缩在火炉边。虽然如此，从早到晚，胸中牵挂的，无非是夫人的事情。啊，真是的，看这样子夫人可能也没有空暇和大人好好说话了？好不容易才安定下来的，这样一来，或许还不如留在清洲比较好，如果友方战胜倒好，不然这座城可能又要化为地狱般的战场，上次小谷城的惨剧又要重现了。这样想的不只有我而已，女侍们也一样，一聚在一起说起话来，就会谈到这个。"不、不，话虽这么说，但我们

---

① 泷川左近将监即泷川一益（1525—1586），织田信长的重臣，清洲会议时被秀吉排除在外。本能寺之变后，和织田信孝、柴田胜家联合起来对抗秀吉，攻下伊势的龟山城、峰城。秀吉于一五八三年攻打一益，控制了北伊势。接着秀吉又在贱岳之战破了胜家，令信孝切腹，降伏了一益。

的大人应该不会打败的，别杞人忧天了。”这样彼此互相安慰。

正好这时候，京极高次公来投靠夫人，逃到北之庄来。从前，在清洲的时候，他还是元服之前，曾几何时已经长成堂堂男子汉了，要不是在这乱世的话，现在这时候应该已经是一方大将。然而他却有负信长公的隆恩，和逆贼惟任日向守和好，就因这样成了天地不容的大罪人。秀吉公的搜索非常严格，他在近江国到处奔走逃窜，这次由于江北骚动，他终于失去容身之地，想到可以来舅母这里攀亲求救，只带了少数一两个随从，穿着蓑衣隐藏起身分，在大雪之中翻山越岭地逃了过来，进到城里时，据说看起来已经憔悴不堪。来到夫人面前说道：“非常抱歉，请让外甥这逃兵之身在此躲藏，这条命是死是活就任凭舅母大人发落。”夫人仔细审视他的模样，只说道：“你也真太轻举妄动了。”一时没再多说什么，只流着眼泪。不过后来是怎么向胜家公说情的呢？既然夫人代为说情了，虽是明智的残党，但被秀吉公追捕，来到这里了，可能大人也觉得可怜吧，便说：“那么，就让他留下来吧。”让他住进城里来。

高次公和阿初公主举行家庭内的婚礼，也就是在这段期间，在下对这件事还半信半疑，有一位女侍告诉在下一件有趣的事情。说起来，高次公原来看中的还是阿茶茶公主，不过阿茶茶公主却说：“我不喜欢浪人。”据说就因为她不喜欢，所以虽然不是高次公的本意，也只好改娶阿初公主。其实阿茶茶公主从小就气质高傲，尤其从小就由夫人一手带大，被骄纵惯了，向来相当任性，因此才会说出那样的话来。被轻看成“浪人”的高次公想必非常遗憾。后来在关原之战时，会转而投靠关东军，也因为忘不了这时受到的侮辱，对后来成为淀夫人的阿茶茶怀恨在心吧。这虽然也是猜测的，不过可以推察到，本来他会逃往北之庄来，与其说是为了投靠舅母，不如说是因为从在清洲城初次见到阿茶茶公主的时候就一见钟情开始暗恋她了。要不然，他的亲妹妹嫁给在若狭的太守武田大人，又何必来到越前呢？这边的夫人虽说是舅母，有亲戚关系，然而现在是再嫁之身，明智的残党，没有投靠柴田大人的道理，万一有个什么差错，说不定会被斩首示众。他竟然甘冒这样的危险，在这冰天雪地之中，竟逃到这里来，还不是因为青梅竹马时就暗恋阿茶茶的关系，才不顾生命危险，应该是这样吧。人家好不容易这样有心，却落空的话，岂不成了笑话？他本来并没有意思要娶阿初的，却因缘际会地成就好事。不过这时候只是定婚而已，虽说举行了庆祝仪式，也只有自家少数亲人喝过喜酒而已。

兵荒马乱之际，这门喜事是在正月底或二月初举办的，那时候佐久间玄蕃[1]大人担任胜家公的先锋，率领二万余骑，踏着残雪，打出江北去。秀吉公从伊势阵前掉头赶回长滨，第二天清晨装成步兵，带着十个左右的老部下，登上山头，仔细观察柴田大人的各个要塞。说道："看这样子，并不容易攻破，我方只能捺住性子坚固防守，没有别的办法。"于是加强防守严加戒备，并不急着攻打。这样一来，双方保持对峙之下，三月过去了。四月以后，柴田大人终于往柳濑进发。北国的樱花也已经谢了，到了春天依依惜别的季节，这是自从迎亲以来的第一次出征，因此夫人特别诚心准备了鲍鱼干[2]、干栗子、海带等菜肴，在主殿举办了祝福战胜的饯行礼。胜家公心情愉快地喝了酒，说道："只要一战，就要消灭敌人取下藤吉郎这家伙的首级，在这个月内就要攻到京都，务必请等我的好消息。"然后走向中门，夫人也送行到那里，那时候大人以弓为手杖顶了一下门边动身出发，正要上马，不料马竟高声嘶叫起来，据说夫人脸色大变。然而，这时候，据说在岐阜的三七大人再度与上方为敌，支持柴田大人，大和的

---

① 佐久间玄蕃即佐久间盛政(1554—1583)，柴田胜家姊姊的儿子。织田信长手下，以勇猛闻名，叔父佐久间信盛被放逐时，避居他地。后为胜家所用，成为加贺尾山(金泽)城主。贱岳之战，担任柴田军的前锋。

② 以发音带有打胜仗之意为出征前的食物，以讨吉利。

筒井顺庆大人过几天也决定投靠这边。而且秀吉公虽然长于谋略，然而胜家公更以勇猛著称，尤其织田大人的家老身分令各大名们也归服于他，利家公为首，包括佐久间、原、不破、金森等诸位大人，都是可靠的战友，全归于他麾下，谁能料到竟然会战败呢？柳濑、贱岳[①]之役的经过连三岁小孩都知道了，所以事到如今，在下又何必多费口舌？不过事后一再回想起来，实在觉得非常惋惜。玄蕃大人疏忽大意，那时候他如果能听胜家大人的话，赶快收兵撤退，重新整顿军备的话，不久顺庆大人援兵就会赶来，美浓的友军也从后方攻击，这样的话，战况会变成怎么样还不知道。大本营派出骑马高手为使者达七次之多，严厉告诫他先撤退，他本该听从忠告的。然而他却说："叔父大人已经老糊涂了。"坚持不听劝告，以至于那样气派的大军竟乱成一团，溃不成军。话虽如此，大本营和那要塞之间，绕路走有五六里远，如果笔直走，才不过一里而已。据说胜家公非常愤怒，既然如此，为什么不亲自跑一趟，把玄蕃大人强行带回来呢？和他平常那烈性子简直不相称。倒不至于老糊涂，难道因为娶了漂亮夫人，心力果然有点松懈了吗？因为实在太遗憾了，所以连在下都不禁

① 位于琵琶湖北岸，余吴湖与琵琶湖之间标高 422 米的山。东通北国道路，驿站柳濑附近就是柴田胜家的大本营。

想冒昧地骂他一句了。起初，在北之庄，四月二十日佐久间玄蕃大人攻下了敌人的要塞，据报说取下了中川濑兵卫尉①大人的首级，大家都感到非常高兴，心想这应该是个好兆头。然而江北方面，那天半夜，美浓连绵延续的沿海路和翻山越岭的山路上，都现出了火把照亮夜空，连二十日的月色都显得黯然无光，火把的数目逐渐增加，如同万灯会②，秀吉公好像是从大柿③彻夜掉转马头，二十一日破晓时分，余吾湖那边忽然呈现一团骚乱，据报玄蕃大人已经危险了。那飞毛腿到达的同一天未刻④后半，渐渐有落败的士兵陆续逃回来，我方全体败北，大人的运气实在不佳。因为事出突然，留在城里的人都太惊讶，心想怎么会这样呢？傍晚的时候胜家公浑身狼狈地回到城里来，召集了柴田弥右卫门尉⑤大人、小岛若狭守大人、中村文荷

---

① 中川濑兵卫尉即中川清秀（1542—1583），起初仕于池田胜政，后来成为织田信长的家臣。本能寺事变之后，追随秀吉，贱岳之战受到佐久间盛政奇袭，战死。

② 为忏悔、消灾、除罪，点万盏灯供养佛菩萨的法会。

③ 今岐阜县大垣市。秀吉于大垣城，获知佐久间盛政的奇袭，于途中准备兵粮和火把，于下午四时左右从大垣出发，全速进军，于晚间九时左右到达木之本。翌日黎明时分趁盛政退却时展开总攻击，大破柴田军。

④ 下午一时到三时。

⑤ 柴田弥右卫门尉即柴田弥右卫门胜次。柴田胜家的堂弟，在贱岳之战时，和小岛若狭守佑全、中村文荷斋、德庵一起留守保护北之庄。

斋大人、德庵大人等说道：“因为玄蕃盛政没有听我的吩咐，结果败事了，我的一代功名也这样付诸流水，这难道也是前世的因果报应吗？”大人似乎觉悟了，安静下来，问公子权六怎么样了，众人答陷入乱军的混战中生死未卜。大人在柳濑之阵中已经差一点遇害。

“至少能回到城里，安静地自裁，这里就交给我来处理。”毛受胜介①大人上前建议。“那么就交给你了。”说着把五币马旗②交给胜介。

于是胜家公在府中③的利家公城里，吃过汤泡饭后，就从那里赶回北之庄。利家公也说我陪您去，便也一起出发，然而由于胜家公的婉拒，利家公在途中折返，不久又被叫回去。“你跟我不同，你们跟筑前守④从以前就走得近，跟我的誓约到现在为止已经履行完毕了，所以以后你还是和筑前讲和，让自己的领土之内安泰才是上策，这次你能这样尽力帮忙，胜家已经感激不尽了。”据说这样说完才安心告别。那是二十一日傍晚时刻，第二天二十二

---

① 毛受胜介，生卒不详，十二岁左右就开始为柴田胜家服务，成为小领班。

② 在战阵中大将的马旁立有马旗，以示其所在。柴田胜家以金币为马旗的标志。

③ 国府所在地。这里指越前的国府，相当于现在的武生市。当时是前田利家的长子利长的居城。

④ 指秀吉。前田利家四女为秀吉养女。

日，上方大军以堀久太郎大人为先锋，大举拥向北之庄来，秀吉公终于也到了，坐镇在爱宕山指挥大军，北之庄城终于被密密麻麻的大军团团围住。

这时城内人都完全认定这已经是没希望的末日了，然而并没有任何骚动，全都十分镇定。胜家公在前一天晚上召集了家臣们，说："我将留在这个城里和攻过来的敌军展开一场对战，然后切腹自杀，想和我一起留下的人可以留下，但父母还健在的人，和家中留下妻子儿女的人，你们一点都不用客气，赶快回到各自家里去，我并不愿意多牺牲一个无辜的人。"让想告退的人告退，人质们也都让他们离开，因此留在城里的人，就算很少，但全都是重视名节更甚于生命的人。尤其像弥右卫门尉大人、若狭守大人等鼎鼎有名的不用说，连若狭大人的公子新五郎大人，那年才十八岁，原来因病躺在床上，却坐着轿子赶到城里来，在城门的门扉上写道："小岛若狭守之男新五郎十八岁因病无法出征柳濑表，于今笼城之际，全忠孝。"更年轻的人之中，有佐久间十藏大人，才十五岁。因为是利家公的女婿，也说道："我的家臣劝我，你年纪轻轻，而且府中城里有岳父大人在，所以可以悄悄退往那边去，不必留在围城受苦。但是，不，我不要，我从小就被照顾，受到养育之恩，还赐给我莫大的领地，一则因为有这恩义，要不是利家的亲戚的话，为了孝养母亲，我还可以继续活下去；然而就因为攀着岳父的关系，保住一命就未免太卑鄙了，这是另一则；如果污蔑了姓氏，对祖先也说不过去，这又是一则，依这三个道理，我也要守在这个城里。”下定决心准备战死。此外平日守城的松浦九兵卫尉大人是法华信徒，结了一座小庵，供一位上人住在里面，这位上人听说松浦大人准备守城，也说：“您和愚僧，在现世的缘分很深，希望来世能继续在一起，让我报恩谢德。”上人也不听松浦大人的劝阻，决定留在这里。还有一位叫做玄久的人，是一位做豆腐的。以前是胜家公青梅竹马的玩伴，在一次会战时，受了重伤，他说：“这个身体，没办法奉公，就容我告退，我想不再当武士，就做个小老百姓吧。”“是吗？那么你就卖豆腐好了。”柴田大人每年给他一百袋大豆。“那么这次也让我陪您一起，来世我可以再为您做豆腐。”特地从村子里进城来。此外还有跳舞的若太夫、山口一露斋、负责写文书的上坂大炊助大人，这些人也都留下来。其中也有人对生命还有些留恋，德庵大人据说是柴田大人的出家武士之一，和文荷斋大人一样是闻名于世的人，却偷偷带着利家公的人质逃出城，投靠到府中去。然而利家公却脸色难看地说：“不讲理义的家伙。”据说不让他待在身边。后来，这个人不知道怎么样了，世上每个人都不理他，因此非常落魄，听说有人在京都看到他流落街头的模样。话说回来，村上六左卫门尉大人[①]穿着寿衣窝在城里，大人命令他带大人的姊姊末森夫人和她的千金逃出去时，他却推辞道："请吩咐别人吧。"然而大人却说："不，不，我就要拜托你，这样是忠义之举呀。"他没办法只好陪着两个人，逃到竹田的乡下去。二十四日申刻，看到天守阁冒出烟来时，他竟和夫人小姐一起自裁身亡。唉，在下还记得的，大概就这些了，不过这些人都是那时候被大家纷纷传诵赞美的人，所以客官您可能也已经有所耳闻了。他们每一位都是在后世还留下芳名的奇人。

啊，在下自己吗？在下这种人虽然没办法跟那些了不起的大人们一样，不过在前几年被织田围城的时候，丢掉的命已经捡回来过一次了，因此事到如今对这世间并没有什么留恋了，于是留在城里头，老实说，心里想着：还不知道夫人会怎么样？等最后看结果怎么样，再说吧。这样说听起来好像很卑鄙胆小的样子，然而夫人嫁到这里来还不满一年时间，被织田围城的那次，夫妇之间还有六年的恩爱时间，虽然如此，却因为被孩子们牵绊着，而与长政公惜别，这一次却不一定会这样

---

① 村上六左卫门尉应为上村六左卫门尉。柴田胜家的同乡，出身低微，但据说屡建战功，获得二千石的俸禄。

了。虽然如此，难道大人没有什么话要说吗？连敌人的人质都饶过了，虽说是夫妇，也只不过是短暂的缘分而已，于己有大恩的先君的妹妹和外甥女们，难道要把她们也带上一起赴死吗？或者，就凭意气也不想把可爱的夫人交给秀吉公呢？胜家公这个人到了这个时候，应该不会像个女人般柔弱，现在想必会说些什么。在下这样想，并不是希望自己能够得救，是死是活，都看夫人怎么样而定了。

敌方大军在二十二日清晨第一声鸡啼的时候，开始步步进逼，然而城下的街坊，沿着街道已经烧了起来，因此密布的浓烟漫天空，连天色都暗了下来，从城里往四面眺望，据说四周像雾海般什么也看不见。上方的大军庆幸有这迷雾，收敛着声音悄悄噤声前进，各自拿着竹束、榻榻米、木板等，静悄悄地逼近来，不久外面稍微亮起来时，大军宛如爬行的蚂蚁已经直接来到城壕边上了。我方从城内不断朝那边的敌人射出子弹，然而敌方新手不断交替上阵继续拥上来，这边则拼命阻挡，相当坚固地继续防守，看样子势均力敌，并不会一下就被击溃。就这样，那天双方死伤累累各自退下，第二天二十三日黎明时分，敌方阵营忽然战鼓停歇，安静下来，正不知发生了什么事情时，城壕对面出现五六位骑手，大声喊话："很遗憾，昨天晚上我们已经逮捕了贵公子柴田权六大人，还有佐久间玄蕃大人。”城里头听到之后，大家都无一例外感到十分泄气，之后只固守城门，并没有再积极射出子弹。其实，在下内心暗暗希望：秀吉公不久应该会派人过来，如果他现在心里还想着夫人的话，一定，一定会派什么人过来吧？正如在下预料的那样，那时候有人出来调停。被派出来的使者，叫什么来着？名字已经忘了，不过不是武士，在下记得是一位上人。那人开口说道：“筑前守大人说道，去年以来，在不得已的情势之下与柴田大人兵戎相见，武运眷顾，才能来到这里，想起从前都是总见院大人手下的朋辈关系，所以并没有说要取大人的性命。即使对修理亮大人有所侵犯，胜败乃兵家常事，就想成一切都是运气的关系，到今天为止的恩怨都付诸流水，请把这座城交出来，退到高野山的山麓去好吗？那么将给您三万石的领地，照顾您一生。”然而这是秀吉公的真心吗？筑前守大人想生擒阿市夫人，最后终究会使出另一个招数来。不但自己人这样传，想必敌方阵营也这样谣传，因此没有人认真听这调停的话。何况大人还说：“叫我投降，未免太无礼了。”如烈火般的愤怒朝上人发作，“别说胜败乃时运的关系，这还用你们来教吗？如果时势好一点的话，也不会被这只猴子反过来逼到这里，弄到要切腹的地步，就因为佐久间玄蕃没听我的话，在贱岳错失机会，让猴子得了便宜，真教人不甘心。不过事到如今，我只有在天守阁点火自尽，最后的样子可以留给后世做个榜样，本来这个城里已经储备了十多年的弹药，这些如果烧起来一定会烧死很多人，所以请你们把阵地往后退远一点，我并不想无谓杀生，才这样说的，你回去以后务必把这意思转达给秀吉。”说完马上离席，因此使者也没再逗留就逃出去了。在下听到这话时，知道唯一可以依靠的绳索也断了，真不知道该怨恨还是叹息才好。不过在下想，事情到了这个地步，可怜夫人的命已经没有指望，既然这样只有陪她去渡冥河，永远陪伴她，但愿来世生为明眼人，能一睹她美丽的容颜，对自己来说那才真是破众生之谜的真如之月影①，这样觉悟后下定决心，这是比什么都更大的善智慧，能够死反而开始感到愉快起来。

大人也说：“事情演变到这个地步，实在非常遗憾，不过事到如今再来说也没有用，毕竟今夜要好好的举杯畅饮，明天黎明将随东方的朝云一起消失而去。”各自都做好了准备，从天守阁开始，各个重要据点，枯草堆积如山，只等时候一到就可以顺手点起一把火来。一道命令下来：“好了，把所有名酒的酒樽毫不保留地全都搬过来吧。”在做着这些准备的时候，天色很快已近黄昏，敌方

---

① 真如是一切东西的真实姿态。无云时的明月，正如舍弃迷惑和烦恼，觉悟后清澄的心。

阵营可能看出城里有所觉悟了，包围渐渐放松，退到远远的后方去。“咦，敌方的营火退远了呢，不愧是秀吉，果然已经知道我的心意了。”大人虽然若无其事地淡淡道来，声音并不像平常那样，然而听起来还是很高贵。酒宴是从夜晚的酉时开始。大人们不用说，连城楼的各个守望据点也分配到酒樽。下酒菜肴也吩咐厨房有什么好菜都尽量端出来，因此山珍海味相当丰富。四面八方都各自开始热闹地喝将起来，尤其城中的大厅里，上座的兽毛皮上，是大人的御座，夫人陪坐在侧，旁边则是公主们，下面的座席上，分别坐着文荷斋大人、若狭守大人、弥右卫门尉大人等、鼎鼎有名的众家臣们全都列座两旁。首先由大人向夫人举杯：“请后面的人都上来吧。”有了这样感人的话，女侍们和像在下之辈的人都一起来做伴，恭恭敬敬地坐在夫人身旁近边。每个人都认为今夜是最后一夜了，以大人为首，所有的武士们都竞相展示各色各样豪华的铠甲服饰、长刀、器物，以炫耀威仪，女士们也因今天特别不同所以大方地穿上最华丽的衣裳，尤其夫人的妆也刻意比平常浓，抹了胭脂、白粉，上了发油，穿上白妙①蒲纱内衣，白绫小袖和服，厚织金丝腰带，金银五色浮图唐

① 以楮木树皮纤维所织的布，色白。白妙为白色、白衣的雅称。

织[1]罩衫礼服。

大人一一举杯敬过一巡之后说道："光是默默喝酒太闷了不行。明天就要向世间告退的人，不能太消沉，这样会让对方那些家伙笑话。现在开始我们要彻夜游戏，让敌阵也震惊。"从远远的城楼早已传来咚咚咚咚的鼓声。

人生在世[2]
再辛苦只有到明天
要见面就趁今宵
送君千里
先尽此杯
聊慰我心

好像有谁在开始跳舞的样子，听得见开朗的歌声，咦，别让他们抢先了，我们也不能输啊。大人自己也带头唱起了有名的敦盛谣曲。"人间五十年，度过下天之

---

① 唐织是中国传来的织物。指金襕、缎子、织锦等。
② 猿乐的舞曲《地主》的一节。前半段是《新古今和歌集》一三二九号，式子内亲王的歌，大意是说因为失恋就要自杀，如果要来见我，只有趁今晚来。后半大体和《闲吟集》一八六号相同。

间……”[1]从前总见院大人非常喜欢这首歌，尤其在桶狭间会战[2]时，自告奋勇地自己唱了起来，然后出征去讨伐今川大人一举成功，对织田家来说，是吉祥的出征之歌。“人间五十年，度过下天间，如梦似幻，一度获得生命的东西，能永远不灭吗？”现在听到大人以朗朗的声音唱起来，不由得想起先君在世时的情形，人生无常改变迅速，眼泪不禁流了下来。在场的勇士们也无不泪湿铠甲衣袖。

然后文荷斋大人、一露斋大人都各唱了一首，还有若太夫大人之舞等，此外其他技艺相当高明的人，随着酒过几巡之后，大家心想以后再也没机会可唱没机会可跳了，于是也都纷纷把自己的绝活拿出来，尽情地欢乐助兴，夜越深酒宴越热闹，不知道什么时候才会结束。不久有一个人开始唱了起来：“梨花一枝春带雨[3]，春带雨……”全体在场的人顿时鸦雀无声，被嘹亮优美的声音震慑住了，原来是一位叫做朝露轩的法师武者。这位法师技艺样样精

---

① 幸若舞《敦盛》的一节。源平之战的一之谷之战，征讨平敦盛后的熊谷直实，决定出家的场面。“下天”指天界中最低的天。人间五十年等于下天的一昼夜而已，如梦幻般短促。

② 一五六〇年势力还弱小的织田信长面对入侵领地桶狭间的邻国大名今川义元的四万大军，仅以二千兵力奇袭，杀了义元打了胜仗。这时信长就是唱了《敦盛》的这一节后出阵的。

③ 谣曲《杨贵妃》的一节，《闲吟集》三九号也采取这部分。歌词从白居易的《长恨歌》而来。

湛，琵琶、三味线也弹得非常精妙，因此在下向来已经久仰，他音调的婉转精确早有所闻，然而现在侧耳倾听这歌颂杨贵妃的歌词：“梨花一枝春带雨，春带雨。太液芙蓉未央柳，六宫粉黛无颜色，无颜色……”朝露轩大人或许本来没这意思，不过对于在下这个听众来说，却只能感觉到一定是在歌颂夫人的美貌。啊，这样美丽的花容，到今夜为止也将凋落了吗？已经到这最后关头了，难道还萌生不舍的念头？接着朝露轩说：“咦，那边那位盲师父会弹三味线的嘛，可否请夫人准许，让他来弹唱一曲如何？”大人立刻出声道：“弥市，你不用客气哟。”那么既然这样，在下现在又何必推辞呢？这也正中下怀，于是立刻拿起三味线来。“因为你，我经常泪涟涟……”唱起平常唱的小曲。“啊，每次都不同凡响，那么我也来弹三味线好了。”说着，朝露轩也拿起他的三味线来唱：

滋贺的湖滨①
潮水不咸
脸上的酒窝
十五夜的月……

---

① 琵琶湖是淡水，有酒窝的可爱容颜像满月一般圆，这里比喻夫人的美貌。

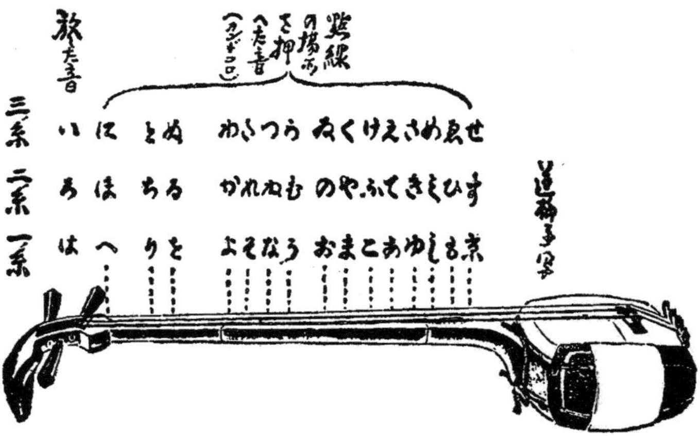

©九里四郎

这样唱着，在下一面倾听，心想道："有意思的歌词。"注意继续侧耳倾听之下，好些地方插入很长的间奏。朝露轩大人在这之间仍然弹着美妙的琴，然而在下忽然注意到，那三味线之间，有两次反复夹杂奇怪的手法。没错，这是我们弹三味线的盲人都知道的事情，所有的三味线每一根弦都有十六个指位，三根弦总共就有四十八个指位。每位初学者开始练习的时候，都把这四十八个指位用"いろは"的四十八个文字来做记号，写下来以便背谱。学过的人都知道，尤其盲人因为看不见文字，所以都能把谱背起来，一说到"い"就会立刻想起"い"的音，一说到"ろ"就会立刻想起"ろ"的音，因此盲人座头①之间如果在明眼人之前要传话时，就会以三味线弹出那个音来，互相沟通想法。然而现在听对方弹的奇怪间奏居然说的是：

有奖噢
有没有办法救夫人

听起来竟是这个意思。这难道是在下自己的心乱了吗？有谁会在这个时候说这种话呢？为什么？好吧，如果

① 戏剧乐团，尤其人形净琉璃、歌舞伎等传统剧团的座长、团长。

不是自己听错的话，就是声音的组合碰巧自然成为这样。一再寻思又再打消念头之间，朝露轩又唱起来：

如何是好
想去访你的路
守关的人
总是
不让我通过

这首也和刚才的完全不同，不过依然在一些地方夹进间奏来。啊，朝露轩大人难道是敌方派来的间谍吗？要不然就是最近忽然成为敌方的内应，不管怎么样都是秀吉公的密令，把夫人交给对方，在意想不到的时候，出现了意想不到的救兵，原来秀吉公还没有放弃，真是念念不忘啊。我不禁怦然心跳，这时有人又再叫我："那么，弥市，这位希望你再弹一曲呢。"三味线再度放在我前面。然而像在下这样的盲人，为什么会受到这样的重视呢？如果是为了夫人的话，赴汤蹈火在所不辞，真不好意思，难道朝露轩大人什么时候已经看穿这一点了吗？虽然在下眼睛看不见，然而却是女侍们之间唯一的男人。而且对许多大大小小的房间，弯弯曲曲走廊的每个角落，在下都比明眼人更熟门熟路。一旦有事发生时，可以比老鼠跑得更自在。

想来想去，朝露轩大人看得真准，在下这没有用的生命能活到今天，也就是希望能有这样的用处，既然如此，一定要尽力想办法营救夫人，万一事情不成，就一起葬身火海化为烟雾。当下已经下定决心，于是不顾前后地拿起了三味线。

看看吧
就让你知道
我的心和
泪湿的袖子颜色

一面这样唱着，一面以颤抖的指尖按着琴弦。

烟起时为信号
请到天守阁下

在下也在间奏的时候，发出讯息，以“いろは”的音阶作了回应。当然全场的人只听到我的歌和琴声，为此着迷而已，没有人会知道这两个人之间，竟然交换了这样的讯息，不过那时候在下想出了一个策略，可以救出夫人。

说起来，就在今夜，大人夫妇将会登上天守阁的第五重楼去，静下心来自裁，因此早已准备好要在枯草堆上点火的程序。那么在他们自裁之前，在下可以观察适当时机点起火来，趁着骚乱，把朝露轩同伙的人引上来，那么就可以凭人数将两个人隔开来，在下这样盘算。可是，可是在下，不但眼睛瞎，而且天生就非常胆小，无论如何实在做不出欺骗大家的事情来，居然还企图加入敌方的间谍之中，在城里点火，何况还想把夫人偷救出去，连自己都觉得居心可怕。然而这也只因为一心想救夫人一命而已，说得明白一点就是尽一份忠义，才会出此下策的。纷繁之间，虽然大家还依依不舍，然而初夏的夜晚容易天亮，远方的寺院早已开始敲起钟声，庭园里子规鸟的啼声也声声传了过来，夫人拿过料纸①来，开始写起一首和歌。

如此无奈　罢了　夏之夜
子规也来邀　不如归去

接着大人也写道：

夏夜的梦路　功名终虚幻
飞上云天吧　子规

---

① 和纸质地的便条纸。

文荷斋大人将这歌词念给众人听，然后说道：“在下也来写一首。”

有缘追随走一趟炎凉路
愿生生世世永侍君

这样唱出来，当时被认为充分传达时代的风流极致。然后无论谁都得回到各自的地方，为切腹做准备，女侍们和在下说要陪伴两位，终于来到了天守阁。本来上面交代我们，陪伴到四重楼就好，只带了公主和文荷斋上到五重楼去，但在下知道现在是重要的关键时刻，便悄悄地登上通往五重的楼梯途中，屏住气息，仔细倾听着上面说的每一句话。大人首先说：

“文荷，请把那边完全打开来。”

让他把四面的窗户全部打开。

“啊，这风好舒服。”

说着端坐在清晨微风吹拂的大厅。

“现在只有家人，来喝个告别酒吧。”

说着让文荷斋斟酒，要跟夫人和公主们重新举杯告别。这也喝过之后。

“阿市夫人。”

这样呼唤一声。

“到今天为止的种种，让你多费心了，我感到非常高兴。如果知道事情会演变到这个地步，去年秋天就不该跟你结缘的，不过现在说出来，也已经没有用了。因此我本来决定，夫妇两个人不管怎么样都要永远在一起的。但是仔细想起来，你是总见院大人的妹妹，而且在这里的公主们也是故备前守的遗孤，所以应该要救你们才合乎道理。武士们要赴死不应该带着女人和小孩。如果在这里杀了你的话，世间的人也许会说，胜家出于一时的意气用事，竟然忘了理义人情。所以，你就听我这番道理，出城去好吗？虽然事情也许太出乎意料之外了，但却是我考虑了许久之后才说的。”

出乎意料之外的一番话，这样说的时候大人心中想必一定是肝肠寸断吧，然而声音却没有一点含糊不清的地方，能够毫不停顿地全部说出来，果然是个坚强的大将。在下听了之后，心想，啊，真可惜，人家常常说懂得感情的才是真武士，自己竟然不知道主人是个这么了不起的君子，还背地里埋怨过他，自己才真是小人之心，不禁感动得流下泪来，朝着声音的方向双手合十地拜了一拜。

这时候夫人却说话了：

“事情已经到今天这个地步了，竟然说出这么过分的话来。”

话还没说完，已经泣不成声。

“总见院在世的时候，妾身嫁出门之后，就不再认为自己是织田家的人了。何况到今天已经没有可依靠的兄弟了，如果再被您遗弃的话，妾身还有什么地方可去呢？对于该死的时候不死，却承受比死还难堪的羞辱，妾身已经亲身经历过来了。因此，从去年出嫁的时候开始，已经下定决心，这次不管发生任何事情，都绝对不再分开了。虽然是短暂的缘分，不过如果能让妾身以妻子的身分一同赴死的话，百年好合也是一生，半年好合也是一生，要妾身出去，这种话就未免太伤人了。恳请您再别这么说了。”

这么说的时候，也许是拉着大人的袖子，说得断断续续的。

“可是，你，不觉得这三个公主太可怜了吗？如果她们死了的话，浅井家的血脉就断了，这样对故备前守岂不是没有尽到道义吗？”

大人又再追加说道。

“您也为浅井的事情设想得这么周到啊！”

说着，夫人哭得更伤心。

“让妾身陪您一起上路，既然您这么有心，就至少救救这些孩子，让她们可以祭拜父亲的菩提，也让她们能祭拜妾身的亡魂吧。”

阿茶茶公主说话了：

“不要，不要，母亲大人，请让我也陪你们一起去。”

阿初公主和小督公主也说：

“我也要、我也要。”

从右边和左边缠着母亲不放，四个人抱成一团，放声痛哭起来。回想起来，从前在小谷城的时候，公主们年纪还幼小，什么事情都还懵懵懂懂的，现在连最小的小督公主都已经超过十岁，因此这样一来，要安慰也不是，要哄也不是。连向来都能坚强容忍的夫人，这时候在可爱的女儿们的眼泪诱引之下，也只有不停地呜咽了。老实说，在下这十年来，还是第一次遇到这样激动的场面。虽然如此，时刻却不断在催促着，正不知该如何收拾才好时，文荷斋大人跪着往前进，仿佛责备地说道：

“公主们，真舍不得啊。”

插进母亲和女儿们之间，把她们分开。

“来，来，你们这样会让母亲大人很为难的。”

说着，准备要把她们勉强拉开。

在下听到这话，虽然大人还没说什么，不过知道现在已经时候到了，不能再犹豫了，便拉出堆在楼梯下的一把枯草，把油灯的火移过来点着。就在这时候，四重楼的房间里，女侍们已经穿好赴死的寿衣，一起在念着佛经，没有一个人发现起火了，因此可以把四处堆积如山的枯草点起火来，还有纸门、屏风之类的也不放过，把火种到处丢散开来，自己一面被烟呛着，一面高声喊起来。“火灾呀！火灾呀！”因为枯草非常干燥，加上五重楼的窗户完全打开，风从下面像穿过筒状大烟囱般往上吹，猛烈发出啪吱啪吱干燥燃烧的爆裂声，不知往哪边逃走才好的女侍们哀叫的声音混合着火烧咻咻的气焰声，一起传了开来。“哎呀，大人的地方危险哪！”“小心哪，有奸细！”从烟雾下面纷纷喊叫起来，很多人一起冲了上来。然后是朝露轩的一伙人和要阻挡他们的一伙人在火焰中乱成一团，互相拉扯，想从狭窄的楼梯登上五重楼，在下在这混杂之中被冲撞着，一下推往那边一下撞向这边之间，灼热的风把火舌一波又一波呼呼地吹过来，呼吸逐渐感到困难起来，想到同样要死，希望能跟夫人在同一把火焰中被烧死，在炙热地狱痛苦的最底层，还拼命挣扎，手正扶着上楼的梯子时——“弥市，这一位麻烦你带到下面去。”不知道是谁，突然就把一位小姐放在我肩膀上。“公主、公主，母亲大人怎么样了？”在下当场冒出这样的话，在下立刻就知道背上背的是阿茶茶公主。“公主、公主。”我这样继续叫着，然而阿茶茶公主却一直趴着，她已经被烟呛得昏迷过去了，怎么叫也没有回应。虽然如此，这位武士为什么自己不救公主，却托付给一个瞎子呢？或许那个武士也为了成就忠义而想追随大人之后，决定把这里当成自己的葬身之地。如果是这样的话，在下也没有未守候夫人西去，自己就先逃走的道理。心里虽然这样思想，然而如果不救这孩子，一定会被她母亲怨恨的。弥市，你把我最宝贝的女儿丢弃在什么地方了？到了那个世界还被夫人埋怨的话，在下也无从辩白，孩子会被放到在下的背上来也是一种不寻常的缘分，在下这么想。何况，在下虽然想着这些事情，却又感觉到双手环抱着软绵绵地趴在背上的阿茶茶的臀部，紧紧抱着她的刹那间，那身体活生生娇滴滴的模样实在太像年轻时候的夫人了，因此忽然感到一股不可思议的怀念之情，如果再这样犹豫不决磨磨蹭蹭下去的话，一定会被烧死的，情况已经如此紧急了，为什么还会有那样的想法呢？人真的是会在出乎意料之外时想到出乎意料之外的事情。说起来也真羞耻，虽然十分惶恐，不过在下忽然发现，啊，对了，在下以前刚刚到城里当差，第一次为夫人按摩的时候，她的手和脚就完全是像这样紧绷的，不管夫人多么美丽，还是在不知不觉之间上了年纪啊！小谷城时代快乐时光的回忆，仿佛抽丝剥茧般不断涌上心头。不，不只是这样，背上感觉到阿茶茶公主柔软的重量，连自己都仿佛回到了十年前的年轻时候似的，虽然很卑鄙无耻，不过如果能够为这位公主效力的话，岂不就等于在夫人身旁吗？我忽然对这人世间感到一丝留恋。说起来絮絮叨叨，实际上，许多想法只不过电光火石之间，下定决心之后，我赶快从烟雾中钻出来，一面大声喊着："在下背着公主呢，请让开！"因为是瞎子，这时候完全不需要在意，不需要客气，顾不得把别人的头拨开脚踩到，便奋不顾身地冲下楼梯。然而逃走的不只有在下一个人而已。好多人都在火星纷飞之中纷纷陆续逃跑，因此在下也加入行列，一面从后面被人推着一直往前，一面往外面跑，在过了城壕的桥头时，忽然听到嘎啦嘎啦的可怕声响，毫无疑问正是五重楼崩溃倒塌的声音。“那是天守阁倒塌了啊！”我并不是在问谁，只是脱口而出。“是啊，空中升起火柱，一定是把火药点起来了吧。”旁边跑过的人这样说。“不知道夫人和其他的公主们怎么样了？”我问着。“公主们都平安无事，但夫人却可惜了。”可不是有人这样说了吗？详细情形是后来才知道的，在下跟那个人并排一面跑一面继续谈着之间，听说朝露轩大人正笔直要往五重楼上去时，文荷斋大人立刻看破他的计谋。“叛徒！你来干什么？”说时迟那时快已经一刀斩下，从楼梯顶上把他踢下楼去。于是那伙人气势受挫之后，这边的家臣们也陆续赶上来了，因此不但没能把夫人抢救出去，很多人反而被砍倒、烧死。在那之间三位公主还紧紧搂着母亲不放，文荷斋大人催促她们快点。“请救救她们，把她们送到敌方阵营才是最大的忠义。”往聚集的许多人之中，把公主推出去，听到的人各自抱起一位公主逃了出来。“所以大人和夫人应该是在那火里自裁了，我并没有看到最后。”他这样说。“那么其他的公主在哪里呢？”在下问。“我们的人背着，比我们先走一步，应该已经走过去了。你背的公主最固执，到最后还紧紧抓着母亲的袖子不放，只好勉强抱起来，放到谁的背上，那个男人又把她交给你，自己则往火里跳进去。真是令人佩服的家伙，那好像不是我们一起的。”

不知道这样说是什么意思，原来对方为了救夫人，听说早已悄悄潜进天守阁附近来，等朝露轩大人的暗号，所以现在陆陆续续从这里逃出去的，除了叛徒一伙人之外，还有不少对方的人。“不过筑前守大人好不容易打了胜仗，想得到的夫人却死掉，岂不是白费心思。朝露轩大人也失败了，所以你的结果应该也不会多好。反正是活不了吧。”那个人这样说。“不过或许因为你带着这位公主，多少会给你一点面子，所以我打算紧紧跟着你。”说着恨不得拽着我的手，我已经相当累了，喘着大气拼命跑着，幸亏敌方跑腿的士兵抬着轿子过来迎接了，总之先把公主移到轿子上。

“盲眼师父，是你带来的吗？”对方这样问。

“是啊。”

我把事情的原委老实说出来。

“很好，很好，那么就跟着轿子一起来吧。”

对方这样说，于是跟随他们通过许多阵营，一起来到大本营。

阿茶茶公主身体似乎无恙，醒来后休息一会儿，让旁边人照料之后，秀吉公立刻说要行见面礼，和其他公主一起被唤到座前。这倒也好了，连在下也一起前去参见，所以就在大厅外侧的地板上恭敬地跪下。

“噢，和尚，还记得我的声音吗？”

突然这样开口招呼。

“承蒙提起，还记得很清楚呢。”

这样回答之后，大人又说道：

“是的，真是好久不见了。”

“你，一个瞎眼人，今天这件事情做得真奇啊。这下子应该奖赏，你想要什么尽管说说看！”

料不到会有这样的好结果，让在下感到像做梦一般。

“不敢当，完全没想过。不过多年来承蒙夫人的照顾之恩，今日却离散了，自己厚着脸皮逃了出来，应该受到惩罚的人，怎么还能领受奖赏呢？倒是想到今天早晨夫人仙去，在下心中无比的难过。今后唯一的希望，如果能够像以前那样怜悯在下，让在下留在公主身旁伺候，那在下就无上幸福，感激不尽了。”

“这也是合情合理的愿望，就依了你吧。”

大人立刻准许。

“我对小谷的夫人做了过意不去的事情，在这里的公主们，以后就由我代替她们的母亲来照顾她们。不过她们每个都长大好多了啊。以前还让我抱在膝盖上调皮地玩耍的，我想应该是阿茶茶公主吧。”

这样说着，开怀地笑了起来。

幸亏因为这样，在下才不至于迷失在路头，而能继续伺候下去，不过老实说，在下的一生在这个时候，天正十一年四月二十四日，夫人临终之日，就已经结束了，像在小谷城和清洲城度过的那样快乐的日月，后来就再也没有过了。说起来，在天守阁放火，放叛徒进来，看来公主们可能也听闻了，因此渐渐对我怀恨起来，开始有意无意地疏远，尤其是阿茶茶公主，有时候还会对着别人故意指桑骂槐地数落我。“就因为这个瞎子，本来死不足惜，却被救起来了，还交到父母的仇敌手中。”因此我虽然在她身边伺候，却如坐针毡般难过，既然如此何必当初，那时候为什么没有死去呢，实在太难受了，只能感叹自己已经是无依无靠之身了。这本来也是自己做了坏事受到的惩罚，不能怨恨任何人，然而当时没死成的人，就算现在再追随而去，也没有颜面去见夫人了，一面承受着众人的指指点点，一面羞愧地活着之间，不管是按摩或弹琴，好像也不大有人召唤了。公主们那时候被接到安土城去，因为有秀吉公的吩咐，才不情愿地让在下留在身边伺候的，在下知道这样还勉强攀着人家，心里也感觉不是滋味，实在很难再忍下去了。于是有一天，就悄悄地不告而别，逃走般地出了城，没什么特定的目的地，就那么开始流浪起来。

啊，那是在下三十二岁的时候。其实那时候如果在下到京城去求见太阁殿下，把事情的始末说清楚的话，或许可以得到一生都不愁没饭吃的抚恤，然而在下却下定决心要隐姓埋名，就这样接受惩罚，从此以后，都在各地的旅社之间四处游走，为客官们按摩腰腿，此外也以粗俗的技艺，聊以排解旅途的无聊，三十多年物换星移，在下这个旁观者不幸还一直没死，活到今天。再说阿茶茶公主，那时候还那样恨太阁殿下，甚至还说是“父母的仇人”，不久之后竟然委身于那仇人，住进淀之城去了。在下从北之庄城沦陷那天开始，就想到总有一天会变成这样的。那时候，秀吉公没有能够救出阿市夫人，听说脸色非常不好，不过在下来到跟前的时候，却出乎意料之外，不但一点也看不出不悦的样子，反而好言相待，就是因为看到阿茶茶公主，忽然高兴起来，心情大悦的关系。换句话说，在下在朦胧中感觉到的事情，他也同样地感觉到了，因此英雄豪杰心中所想的，毕竟也和凡夫俗子没有两样。只是在下因为一念之差，落到一生无法留在她身边的地步，太阁殿下灭了她的父亲，杀了她的母亲，连她弟弟的首级都串起来，却还能在不久之间，把她变成囊中之物，将从母亲到女儿两代的爱恋集于她一身，小谷城的昔日暗恋，终于实现于今朝。到底是什么样的前世因缘，秀吉公才修得这样的福气的呢？总是爱上和信长公有血缘关系的人，听说还想染指蒲生飞驒守①大人的夫人。这位夫人是总见院大人的千金，小谷城夫人的外甥女，听说两人容貌还很相像，大概正是因为如此吧。在下听别人说，前年飞驒守去世时，秀吉公透过殿下求亲希望能迎娶夫人，曾经向她暗示过，但她并无意于此，反而感叹之余，落发为尼，回到蒲生大人的老家宇都宫，据说就因为这样而把关系弄坏了。这件事情姑且不提，随着年龄的增长，阿茶茶公主逐渐懂事了，会屈服于太阁殿下的威势之下，虽说完全是顺应时势，然而对她自己来说也未尝不是一件好事。于是当在下听说，淀之城的夫人就是浅井大人的大公主时，不知道有多高兴。不像母亲总是那样辛苦，荣华富贵之春终于降临到这个孩子身上，但愿她不要再有母亲那样的遭遇，就算在下过着潦倒的日子，这颗心始终还是陪伴在她身旁，一心祈祷她能幸福。不久又听说幼君诞生了，因此往后应该幸运连连到万万岁吧，总算放下心来。正如客官所知，庆长三年秋天太阁殿下故去，不久关原之战开始，世上又再度起了大转变，谁知又会一天又一天地迈向悲惨命运呢？是她和父母的仇人结缘，违背了亡母的心愿，受到的惩罚吗？母亲和女儿两代都在城楼上自杀身亡，试想起来命运

① 蒲生飞驒守即蒲生氏乡（1556—1595），织田信长的家臣，娶信长之女为妻。本能寺事变之后，活跃于秀吉麾下。后来成为飞驒守。

也真是不可思议。

啊，如果在那大阪之战的时候，在下还能在身旁伺候的话，就算没有什么用处，也能像在小谷城的时候安慰她母亲那样，至少能做一点什么让她高兴的事，真的也可以共赴冥土向夫人道歉了，那时候真恨自己没福气，每天每天都一面听着枪弹的声音，一面着急得不得了。虽然如此，片桐市正①大人在攻城的时候竟然倒戈向关东方面，朝秀吉公和淀夫人的宫殿开炮，真是岂有此理。那位大人，从前在志津岳之战的时候，被誉为七枪中之一枪，从那时候开始受到提拔，应该受到秀吉公不少恩惠的。世间传说，太阁殿下临终时，还把他叫到枕边说："秀赖就拜托你了。"这样恳切地留下遗言。像我们这种人，如果人家这样拜托的话，总会尽心去尽道义吧，那位大人，在下就不大声说了，不过他却屈服于权现大人②的威严之下，忘了丰臣家的大恩，表面上装成忠义的样子，实际上却与关东方面内

---

① 片桐市正即片桐且元(1556—1615)，秀吉的家臣。贱岳之战颇为活跃，被称为七本枪，一五八五年受任为从五位下东市正。秀吉没后，辅佐秀赖，担任与德川方协调的角色，被淀夫人视为背叛者，性命难保，于是离开大阪城。

② 权现大人即德川家康(1542—1616)。"权现"本来是佛菩萨为了拯救众生而化身的姿态，转为日本对神的尊称。德川家康死后，后水尾天皇赠以"东照大权现"的称号，一六一七年，即弥市说这故事的那年三月，葬于日光刚完成的东照宫。

通。不，不，不管别人怎么说，肯定是这样的。事情要讲个道理，或许有人会夸赞市正大人的苦心，然而，竟然接下担任敌方炮手的任务，不管有没有这回事，竟然往主公的幼儿和夫人所在的地方发射炮弹，这种人怎么能算是忠臣呢？就算是被世间遗弃的瞎眼按摩师也明白这道理。因此那时候非常非常痛恨市正大人，如果在下的眼睛能看得见的话，甚至想偷偷潜进阵营中去，刺他一刀以泄恨呢。

说到恨，关原会战的时候，在大津反叛的京极宰相大人的所为，也令人十分生气。那位大人明明已经和阿初公主举行过订婚仪式了，却在上方大军攻来之前，逃出北之庄，到若狭去投靠武田家，那武田大人也被灭亡后，三界都无家可归，荒郊野外到处流浪着，好不容易道歉后才被列入大名的阵容，正得感谢那位夫人？故武田大人的夫人叫松之丸夫人，可能也因为她的说情吧，毕竟是和淀夫人有关系的人。曾经攀着小谷城大人的袖子，其次再靠他孩子的情分，两次都在危急中救了他一命，那次大雪中逃来投靠，当时的事情难道已经忘了，竟然在关键时刻背叛，打乱了大阪军的阵脚。啊！啊！不过，事到如今，再说这些也没有用了。一一数起来，令人懊恼怨恨的事情，数也数不尽。宰相大人，市正大人，都已经到那个世界去了，连权限大人也已经到他界去了，一切全都是过往云烟了。每每回想起来，许多杰出的人士都已经不在人间了，在下往后还要活到什么时候？老到什么程度？从元龟天正年间到现在已经活过相当长久了，唯有指望下辈子，没有别的了，不过这个故事很想说一次给谁听一听。是的，是的，您说什么？您问夫人的声音现在是不是还留在在下耳里吗？那还用问吗？各种场合，她所说过的话的每个细节，还有她一面弹着琴一面唱歌的声音等等，在华丽之中带有美艳的温润，宛如黄莺出谷般高亢而有张力的音色，和鸽子般咕噜咕噜啼唱的内敛音色，二者合而为一般美妙的声音，阿茶茶公主的声音也跟她母亲一模一样，甚至到旁边的人经常会听错的地步。因此在下很了解太阁殿下是如何宠爱淀夫人的。太阁殿下的伟大之处，任何人都知道，然而很早就察觉到他内心深处的隐秘的，说句不脸红的话，就只有在下而已了。啊，一想到在下竟然能够知道这么伟大的人的内心秘密，堂堂右大臣秀赖公的母君淀夫人，竟然曾经趴在在下的背上，唉呀，呀，这个世界还有什么可留恋的呢？不，客官，已经够了。不好意思，占了您许多时间，听我这个老糊涂拉拉杂杂冗冗长长地说个没完。家里有老婆，有女儿，都从来没有说这么详细过。请便，请便，不用客气，您尽管写下来不妨，曾经有过这样可怜的瞎子的事不妨也记录下来，如果能当做后世的饭后闲话也当感激不尽。那么，就让在下说到这里为止。趁着夜还不太深，让在下帮您按一按腰吧。

后　记

〇盲目物语一卷虽如后人所作，实则并非无所根据，三位中将忠吉卿[①]之代清洲朝日村柿屋喜左卫门祖父物语[②]，一名朝日物语云“太阁与柴田修理相互对抗，为竞争威势，另有他说指其为信长公之妹阿市夫人，其为淀夫人之母仪、近江之国浅井之妻，据闻乃天下第一之美女。太阁曾寄以厚望。柴田赴岐阜，请三七殿下为媒，迎娶阿市夫人为妻。太阁闻讯阻柴田归越前，出兵江州长滨云云”。又曰“柴田于北之庄遭围城，太阁派一僧为使者，乃昔日旧友，令救一命云云。其实企图夺取阿市夫人，众口纷纷传闻不断”。

〇佐久间军纪[③]（佐久间常关物语）：胜家祝言之条云“胜家娶浅井长政之未亡人，携其女三人一同归越前，秀吉派使者见胜家曰，于归国途中将令秀胜（信长四男，秀吉养子）备馔设宴祝贺，胜家欣然允诺。然胜家之家人由北庄出发前往清洲途中来迎，胜家半夜出清洲，告知秀胜曰越前有急事，兼程夜半通过此间，无法回应招待云云”。

〇志津岳会战之事据小须贺九兵卫曰，清洲会议于安土举行，当时“柴田与太阁因意见不合，互相怒目，其时丹羽长秀与太阁寐于一处，长秀悄悄以足抵太阁提醒小心，太阁会意，当夜返回大阪云云”。佐久间军记中曰“秀吉其夜屡起小便”、然而此等事情甫庵太阁记[4]等并未记载、不详。

〇蒲生氏乡未亡人之墓，于今京都之百万遍智恩寺境内。宽永十八年五月九日于京都病殁，行年八十一岁，法名相应院殿月桂凉心英誉清熏大禅定尼。秀吉知其容颜秀丽，氏乡死后欲迎娶为妾。未亡人不从，因此蒲生家由会津百万石贬为宇都宫十八万石。详情见氏乡记[5]近江日野町志[6]。

〇三味线公认为永禄年间由琉球传来，然而配合小调弹奏则由宽永年前后开始，此事高野辰之博士之日本歌谣史[7]

---

① 德川家康的四男松平忠吉（1580—1607）。

② 从庆长五年开始的十二年间，柿屋喜左卫门将祖父见闻谈记载成书，收于《改定史籍集览》十三、《续群书类从》第二十一辑。

③ 记述从信长就家督之位起至大坂之阵为止的主要事件，佐久间盛次、信盛、盛政等的武功谈。作者为佐久间常关。

④ 小濑甫庵著《太阁记》。记录丰臣秀吉生涯事迹之传记。

⑤ 由蒲生氏之祖先开始说起，记载蒲生氏乡之功勋及其子孙之繁荣。

⑥ 记载日野町之沿革。昭和五年由滋贺县日野町教育会刊行。

⑦ 高野辰之（1876—1947）著。广泛搜集、考证文献资料，为日本歌谣研究之先驱，开启前人未到之境的名著。大正十五年刊行。获学士院奖。

中有记载，其实天文年间既已由游女之手弹弄，从室町殿日记①可见风流人物早已用于流行歌，同样于歌谣史中亦有记载，如本物语之盲人亦为风流人物之一也。余之三弦师父菊原检校②为大阪人氏、对今几已废绝之古三味线之组曲颇有心得，其中载于闲吟集③“木幡山路日暮行　伏见月下枕草眠”之歌、长崎之圣母马利亚之歌，其他还有不少珍奇之歌词，余昔日亦曾听过。词虽短然相同之句反复唱数次，且三味线之间奏，加入比歌词长数倍之曲子，感觉几乎和听琵琶一样。

〇按弦之指位用“いろは”当记号之事不知从何时开始。余之友人中精于此道之九里道柳子④曰，现今净琉璃中弹三味线之人依然采用，本文插画即是道柳子画好赠余者。

时于昭和辛未年⑤夏日

于高野山千手院谷记

---

① 记载由天文初期至庆长初期之政治、军事、社会逸闻。

② 菊原琴治（1878—1944），地歌名手。地歌为近世盲人音乐家创作传承的三味线歌的总称。

③ 以室町时代小调为主的歌谣集。

④ 九里四郎（1886—1953）。东京出身的洋画家，喜欢文乐之余，迁居到关西。在作画之余并努力学习义太夫节。谷崎润一郎迁居关西后，通过朋友志贺直哉的介绍而认识。

⑤ 昭和六年。

图书在版编目(CIP)数据

盲目物语/(日)谷崎润一郎著;赖明珠译.
上海:上海译文出版社,2014.4(2023.5重印)
(谷崎润一郎作品系列)
ISBN 978-7-5327-6383-2

Ⅰ.①盲… Ⅱ.①谷… ②赖… Ⅲ.①中篇小说—日本—现代 Ⅳ.①I313.45

中国版本图书馆CIP数据核字(2013)第250785号

MOMOKU MONOGATARI
by TANIZAKI Jun'ichiro

Originally published in Japan by CHUOKORON-SHINSHA, INC., Tokyo.
Chinese (in simplified character only) translation rights arranged
with CHUOKORON-SHINSHA, INC., Japan
through THE SAKAI AGENCY.

盲目物语
盲目物語

[日]谷崎润一郎 著
赖明珠 译

出版统筹 赵武平
责任编辑 刘 玮
装帧设计 吴建兴

图字:09-2012-615号

上海译文出版社有限公司出版、发行
网址:www.yiwen.com.cn
201101 上海市闵行区号景路159弄B座
上海信老印刷厂印刷

开本890×1240 1/32 印张3.25 插页2 字数49,000
2014年4月第1版 2023年5月第2次印刷

ISBN 978-7-5327-6383-2/I·3816
定价:22.00元

如有质量问题,请与承印厂质量科联系,T:021-39907745